响堂山石窟的保护与开发

孙冀东◎著

燕山大学出版社
· 秦皇岛 ·

图书在版编目（CIP）数据

响堂山石窟的保护与开发 / 孙冀东著.—秦皇岛：燕山大学出版社，2020.10（2026.1重印）

ISBN 978-7-5761-0085-3

Ⅰ. ①响… Ⅱ. ①孙… Ⅲ. ①响堂山石窟－文物保护 ②响堂山石窟－旅游资源－资源开发 Ⅳ. ①K879.294 ②F592.722.3

中国版本图书馆 CIP 数据核字（2020）第 199851 号

响堂山石窟的保护与开发

孙冀东　著

出 版 人：陈　玉
责任编辑：王　宁
封面设计：刘韦希
出版发行：燕山大学出版社 YANSHAN UNIVERSITY PRESS
地　　址：河北省秦皇岛市河北大街西段 438 号
邮政编码：066004
电　　话：0335-8387555
印　　刷：廊坊市印艺阁数字科技有限公司
经　　销：全国新华书店

开　　本：700mm×1000mm　1/16　　印　　张：13　　字　　数：167 千字
版　　次：2020 年 10 月第 1 版　　印　　次：2026 年 1 月第 2 次印刷
书　　号：ISBN978-7-5761-0085-3
定　　价：48.00 元

版权所有　侵权必究

如发生印刷、装订质量问题，读者可与出版社联系调换

联系电话：0335-8387718

序　言

响堂山石窟坐落在河北省文化名城邯郸市的峰峰矿区。从地理地形上看，它位于鼓山中部地区，石质优良，环境优美，是河北邯郸通往山西太原的太行八陉之一的滏口径要隘，也是古代横贯东西跨越中原的必经之路。从历史文化角度看，此地也是6世纪末北齐文化带的中心。因石窟群开凿于半山腰，人们谈笑、活动均能听到铿锵的回声，所以得名响堂山。响堂山石窟包括南响堂、北响堂和水浴寺（俗称小响堂）三处石窟。响堂山石窟群是河北省境内最大的石窟群，在20世纪就被列为全国重点文物保护单位，成为全球各地的学者、画家、书法家们热衷的研究对象，每年都有不可胜数的游客到此参观游览，涤荡净化精神世界。响堂山石窟是古人为我们创造的不朽的文化丰碑和精神财富。

响堂山石窟作为享誉中外的觉悟艺术文化遗存，始凿于1400多年前的北齐时期（公元550—577年），历时28年。它巧妙融汇印度、西域、丝绸之路沿线地区的多种文化元素，又将鲜卑少数民族与汉民族文化有机融合，和谐地以石窟寺的方式呈现出来。响堂山石窟可以说是南北朝时期北齐王朝的最高艺术成就：石窟中的绘画、雕塑、建筑在传统风格的基础上，吸收印度石窟寺觉悟艺术的特点，借鉴魏晋时期其他石窟的风格和技艺手法，创造出了具有鲜明时代特点和民族独特性的石窟艺术。响堂山石窟的形制、造像风格、装饰纹样、服饰、碑刻等基本上已经汉化。在石窟雕刻技法上，上承魏晋余绪，下启隋唐新风，具有鲜明的时代风格特点。其中的刻经石碑更是开启了我国觉悟经刻的先河。经过后世数个朝代的修补和续凿，响堂山石窟形成了囊括多个朝代艺术特点的觉悟石窟群，见证了中国古代社会、经济、宗教、艺术的发展历程。可以说，响堂山石窟的艺术发展史便是一部浓缩的中国觉悟发展史。

响堂山石窟是在北齐皇室贵族的财力支持下开凿的。北齐王朝的统治者多是虔诚的觉悟信徒，并且把觉悟作为有力的统治工具。为此，高氏集团在统治期间大力推广觉悟，扶持寺院经济，赞助觉悟艺术。响堂山石窟位于北齐两都之间，皇室贵族常往返两地，景色宜人、环境清幽的鼓山地区便成为他们驻足歇脚的理想之处。后来，高齐皇室贵族在这里开凿了响堂山石窟，为皇室贵族成员供奉和礼佛之所。后来，高齐皇室有感于响堂山石窟的幽静和灵性，还将高齐数代帝王的陵墓修凿于此，希望高氏祖先的灵魂能够安居此地，借佛祖的保佑使高齐统治绵延不绝。

但是，在高齐王朝迅速覆灭前后，北周武帝宇文邕发起了中国历史上第二次灭佛运动，响堂山石窟在这次灭佛运动中受到了不小的破坏。觉悟在中国古代得以传播发展，往往需要借助统治者的大力支持。中古时代的几位统治者，如北魏太武帝拓跋焘、北周武帝宇文邕、唐武宗李炎既不信奉觉悟，也不支持觉悟的发展，全因觉悟与封建社会的政治统治和经济发展相冲突，觉悟才会受到打压和抑制。中国历史上的四次灭佛运动，响堂山石窟经历了三次，都对石窟群造成了严重的破坏。时至近代，响堂山石窟也没能躲过几次浩浩荡荡的文物盗卖风潮，因此，石窟艺术的完整性受到了极大损坏。

新中国成立以来，国家重视保护石窟文物艺术，大批学者涌向响堂山石窟群，研究这里的建筑、造像、壁画艺术，试图通过这里的艺术透视古代社会的发展细节。同时，河北省和邯郸市政府也大力支持响堂山石窟风景区的保护和开发，每年有成千上万的游客前来游览，接受觉悟艺术给予的精神洗礼。但是，从整体上来看，响堂山石窟现在的知名度还不够高，还远远不能与其历史地位和艺术价值相匹配。而且，现在的保护措施和开发手段也存在一些问题。因此，我们此次走进响堂山石窟，就是为了对它展开全面深刻的研究，感受它的艺术魅力，深度挖掘响堂山石窟的价值，在保护、开发和科研方面提出有益于响堂山石窟可持续发展的建议。

由于石窟是一种受外来文化影响的艺术形式，所以，在第一章，用了一定的篇幅来介绍石窟艺术从印度到中国的传播过程，让读者能够充分了解石窟作为觉悟文化的具体承载形式，具有怎样深刻的宗教特点和精神内涵，并且追随着觉悟艺术东传的脚步，感受石窟艺术逐渐民族化的过程；在第二章中，我们从多角度研究了响堂山石窟得以开凿的背景，分析了响堂山石窟所在的自然环境；第三章，我们细致地介绍了响堂山石窟不同时期的觉悟造像、不同类别的雕刻纹饰以及开艺术先河的石碑经刻；第四章在第三章的基础上剖析响堂山石窟的艺术特色，感受响堂山石窟艺术的价值和历史地位；第五章则是对响堂山石窟保存、保护和开发的现状进行描述和分析；最后，在第六章中对第五章涉及的问题提出解决措施和改进建议，为响堂山石窟充分发挥其艺术和历史价值献计献策，争取让响堂山石窟的价值得到充分发掘，社会影响持续扩大，为传统技艺和觉悟文化在中国的弘扬打下良好的基础。

在撰写本书的过程中，我们秉持科学严谨的研究精神，全面梳理实地考察过程中获得的资料，从年代分期角度对响堂山石窟进行系统化分类和样式考察。本书所提出的针对性建议，吸收了国内外石窟保护和开发的成熟经验和先进技术，同时也考虑了响堂山石窟所在地区的特殊性，才作出这样因地制宜的调整，从而能够真正让响堂山石窟在觉悟艺术殿堂中大放异彩。

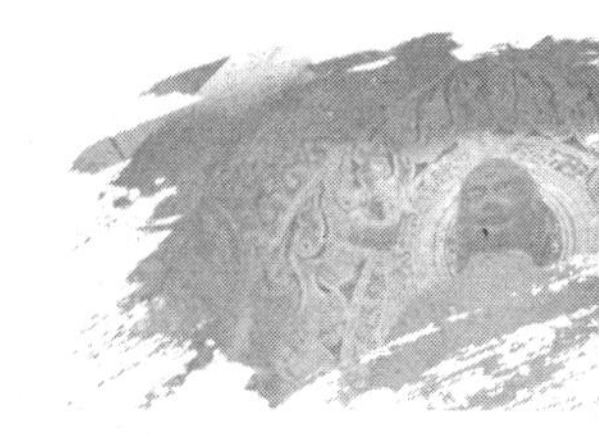

目　录

第一章　石窟文化概述

石窟艺术渊源于印度，它与觉悟文化关系密切，通常开凿于河谷河畔之侧、悬崖绝壁之间，它是一种特殊形制的觉悟寺院，因此也叫石窟寺，中古时期由西域丝绸之路传来。

石窟的诞生地在古代印度中部地区，最初是觉悟僧侣坐禅、说法、修行之所。古代印度的觉悟石窟，大体上可以涵盖两种类型：一种是精舍窟，又叫僧房，主要满足僧人禅定、休息的功能需要；另外一种是支提窟，也叫塔堂窟，是为僧众提供集会和诵戒的场所。

随着觉悟在印度各地的发展兴盛，其社会影响不断外溢，石窟寺的功能也在不断扩展：从最初在石壁上开凿的单个洞窟，逐渐转变为承载了建筑、壁画、雕塑等多种艺术门类的觉悟文化载体，并且以其特有的建筑形式和兼容并蓄的艺术特点成为人类文化艺术宝库中极其珍贵的组成部分。

第一节　印度觉悟石窟概述

觉悟在印度初传时期，释迦牟尼及其弟子都是在地面上直接建造木构建筑，以供生活起居、修行说法之用，觉悟典籍中记载的“竹林精舍”和

“祇园精舍”等大概就是此类建筑。早期的觉悟僧徒沿用古印度旧有宗教的一些修行规制，如安住在一个固定的居所度过雨季，印度的雨季从每年的 6 月开始到 10 月结束，为了度过雨季，从 6 月至 9 月的三个月里，僧人们会聚集在一起，遵循觉悟的教义和戒律，每天诵经、礼佛，听佛陀和得道高僧说法。渐渐地，这种在雨季里暂住的精舍，就变成了僧徒们的常规住所，有研究者推测这很可能就是觉悟伽蓝的源头。后来，随着觉悟社会影响的扩大，僧徒数量日渐增多，开山造窟在南亚的广大地区开始流行，这一风潮肇始于印度孔雀王朝的阿育王时期。

公元前 268 年至公元前 232 年是阿育王统治的极盛时期，觉悟被视为稳固国家统治秩序的主流社会意识形态，受到统治者的大力扶持，并得以在南亚地区广泛传播。

图 1-1　古印度石窟外景

作为钱德拉古普（Chandragupta）帝国最伟大的国王，阿育王在公元前 271 年即位后，通过残酷的侵略战争，不断扩展帝国的政治版图，最终囊括整个南亚次大陆。公元前 261 年，阿育王在达亚河畔发动征服羯陵伽王国的战役，这场规模空前的战争给羯陵伽王国带来了灭顶之灾。据印度史籍记载，约 10 万人被杀，超过 15 万人被俘虏，战争间接导致的死亡人数则更多。硝烟散后，血流如河、尸骨成山，流离失所的百姓不计其数…… 这场战争让战败者失去了主权，成了阶下囚和俘虏，战胜者本该意气风发，但是当时的战场惨景只能用人间炼狱来形容。年轻的阿育王完全没有体会到胜利的喜悦，他的眼睛只看到了尸横遍野和断壁残垣，当他的子民或泪目涟涟、或面容麻木地从他面前经过时，他的大慈悲心在那一刻苏醒。正是这场残酷的战争，让好战的阿育王下定决心摒弃战争，皈依觉悟，成为一名虔诚的觉悟信徒。

为了在帝国全境进一步推广觉悟，阿育王曾巡幸各地，大力弘扬觉悟。他命令地方官员将正行之道铭刻在岩石和柱子上，这样就能广泛且长久地宣扬觉悟的教义和戒律，早期觉悟的一系列石刻法敕就此产生。除此之外，阿育王每年还会将大量钱财施舍给觉悟寺院，频繁举行盛大的觉悟集会，并敕令在全国各地大量营建佛寺和佛塔。现在保留至今且享誉世界的一些觉悟石窟寺，就是在阿育王时期开凿的，比如位于印度比哈尔邦的巴拉巴尔山觉悟石窟。

公元前 257 年，阿育王统治帝国的第十二个年头，为邪命外道（梵语为“为谋生计而修行的人”，它是古印度的一个宗教团体，意译为生活派，音译名称叫阿耆毗伽派，它兴起于公元前 6 世纪，与佛陀诞生的时代相近）在巴拉巴尔山开凿了两处石窟。

在阿育王之后，他的孙子十车王追随他的脚步，继续在印度各地开凿石窟寺。从历史角度看，阿育王为印度觉悟石窟建筑作出了开创性的贡献，大规模营建石窟的活动成为一种宗教传统，在他之后被继承下来，并在很长一段时间得以保留。正是从那个时代起，觉悟僧徒在山崖石壁间开凿石窟寺作为修行居所，这种建筑活动还得到了官方的赞助和支持。

图 1-2　古印度石窟内景

这里，有一个问题就凸显出来：觉悟徒为什么要把修行之所凿于崖壁之上呢？考诸史料，原因有如下几个方面：

觉悟徒修行的需要是石窟寺凿于悬崖之上的第一个原因。山崖绝壁之处往往人迹罕至，是隐世和苦修的绝佳之地，这里的隐世是相对于世俗生活而言的。古代印度有一种观点认为，每个人的一生都要经历以下四个阶段，即梵行期、家居期、林居期和遁世期。遁世期就是本文刚刚提到的“隐世”，它是一个非常重要的人生阶段。“隐世”在觉悟教义中有修己渡人的含义，所以它并不完全等同于中国儒家传统的“隐世”，但远离世俗生活的“隐”意尚在。

苦修是古印度许多宗教修行的重要方式，有着非常久远的历史。必须指出的是，此处提到的“苦修”并非仅仅指肉体上的磨炼，也是一种带有“苦”之精神的宗教决心。佛陀释迦牟尼提出修行者应该尽量降低对物质生活的要求，只有这样才能于简单空无中专心修行，以求悟道涅槃。山岭之中的石窟寺，幽静空旷，虔诚的觉悟徒在此苦修，万籁俱寂中只有诵经声缭绕山间，如同一个人在就觉悟教义不断地自问自答，又像是在与佛陀互相问答。静坐、默思，天地之精华在一刹那汲归于明台，最后，他睁开双眼，得道成佛，目光中尽是洗尽铅华的沉静和从容。他或许早已能从一颗石头的纹理中读到须弥的一生，而自己则是一颗平凡而又微末的芥子，而芥子亦可容纳须弥。

将石窟凿于山崖石壁上的第二个原因是古印度人对山的崇拜。古代印度教教义中有一种观点：“宇宙是一个中心陆地”，它被分为天堂和地狱两个部分，须弥山在这片陆地的中央，是世界的轴心，也是众神聚集之处，谓之“众神之山”。古印度教对宇宙世界的这一个看法，后来被觉悟所吸收。觉悟教义也认为世界的中央耸立着须弥山，七山和七海环绕在它的周围，风轮、火轮和金轮承托着它，四大天王住在半山腰上。梳理史料，我们会发现：“须弥山为宇宙中心”“须弥山是神的聚集之地”的观点是古代印度人的普遍信仰。由此来看，觉悟徒在山崖石壁开凿石窟用于修行，也就自然带有一种神圣的内涵意味。

气候因素是石窟寺凿于崖壁之上的第三个原因。南亚次大陆为热带季风性气候，夏季炎热且多雨，将石窟寺建于崖壁之上，冬暖夏凉，有利于觉悟徒修行禅定。石窟寺内“墙壁”和“屋顶”非常厚重，除石窟入口处直接和外界接触外，内部结构较为封闭。而石壁材料不易导热，外部的热量不能直接传入石窟中，内部的热量也不容易向外散发，这就造成石窟内部的气温变化总是游离于外部世界，并且内外温差不是很大。石窟寺保持恒温的原因和中国北方黄土高原地区的窑洞式建筑非常相似，窑洞式建筑同样冬暖夏凉、舒适宜居。从环境气候方面看，印度的觉悟石窟寺作为一种永久性建筑，它的选址常常需要精心考虑。在技术操作层面，石窟所处的山体石质硬度要适中，易于开凿；要靠近水源，便利生活；周围环境不能太过荒僻，远离尘嚣但不能与世隔绝，方便善男信女前来礼佛。综上所述，这三个方面的因素决定了早期觉悟石窟寺的地理分布，从现存的石窟遗迹来看，它们几乎都集中分布在西印度的德干高原。

大约在公元 3 世纪，觉悟石窟开凿活动在印度德干高原开展起来，尤其是西德干高原，即今天的马哈拉施特拉邦，是最适宜开凿石窟寺的地区。此地的石窟寺成为早期印度觉悟石窟建筑的代表，堪称世界石窟寺诞生的源头。西德干高原地区的石窟寺，开凿延续时间长，洞窟数量众多，类型丰富，非其他地区所能媲美，当为觉悟石窟寺之翘楚。

大多数石窟寺的营建，实际上是以地上寺院为参照蓝本的。所以，从这种角度来看，除了采用新的建筑材料外，石窟寺大体上再现了地上寺院建筑的内部空间或者外观造型。石窟寺的开凿离不开虔诚信徒的经济支持，善男信女的慷慨施舍和僧众们的持续发力使越来越多的石窟寺被开凿出来。作为一种新型的觉悟建筑，它与地面上土木结构的传统寺院相异，它翻开了觉悟建筑史上辉煌灿烂的一页。

从公元前 2 世纪到公元 7 世纪，觉悟石窟的开凿绵延近 1000 年，觉悟的两个宗教流派小乘觉悟和大乘觉悟都曾开山造窟。印度早期的觉悟石窟寺，其建筑形式是以佛塔为中心的，这也是中心塔窟的祖型。从功能上讲，佛塔是瘗埋佛陀或者高僧尸骨舍利的坟墓，而石窟则是供僧侣修行禅定的居所；从形式上来看，佛塔往往在地面上存在着，矗立在僧俗大众面前，石窟则是被塑造成一个远离世俗、较为封闭的空间。石窟寺对于印度觉悟而言，低位堪比中国汉地觉悟的寺庙，寺庙大抵上相当于地面上的石窟寺，石窟寺则略相当于崖壁上的寺庙。

为僧侣修行而建的石窟，有两个必要的实际功能：第一是可开展宗教活动，第二则是满足生活起居之需。从现存于世界各地的石窟遗迹来看，石窟群主要是有这两种功能类型的洞窟，分别为支提窟和精舍窟。从建筑空间的角度讲，佛塔是信徒进入石窟寺后的最终目的地，也是进入僧众信徒们礼拜活动的中心场所。塔在印度梵语中叫“窣堵坡”，它是佛陀涅槃的象征，直立在石窟内的塔通常也被称作“支提”。

礼佛活动的视觉中心是佛塔，故有“绕塔礼佛”的说法，所以支提窟内部的中心建筑就是佛塔。这种观点还体现在支提窟的外形和结构方面：洞窟入口立面通常有类似拱顶的轮廓线，外形远望似一座塔的结构，如若我们立于石窟之内，又恍如置身于塔内；塔形拱顶窗置于石窟入口之上，一方面可以增加石窟外立面的视觉高度，另一方面，这个微妙的建筑结构也提示着观者石窟内有塔。

如果我们扩大一下比较的视野，基督教中世纪时期的“巴西利卡”式大教堂在平面格局上与觉悟的支提窟有许多近似之处：支提窟从平面上来看呈纵长方形布局，入口处多以石柱与雕刻装饰来突出，入口前的廊道则可以理解为是进入石窟前空间上的铺垫。支提窟圆室内以两排列柱围合，在形式上与教堂的中廊与袖廊有异曲同工之妙。不管是“巴西利卡”式教堂，还是有两旁列柱加持的支提窟，都发挥着相同的作用：将礼拜者的目光视觉不断向前导引，直至室内空间的尽头，“巴西利卡”教堂中厅的尽头是祭坛，而支提窟中心地方则矗立着象征佛陀的塔。

正是由于在外貌上被赋予了“窣堵坡”的象征含义，支提窟才令人觉得玄妙无比。如同基督教中世纪的大教堂那样，觉悟支提窟的十字形布局和繁复雕饰，就像是微观宇宙世界的重现。或许，支提窟应被视作宇宙的物化形态，宇宙屋就是万有，它的入口就是世界之门。

图 1-3 印度支提窟

当觉悟信徒绕塔礼佛时，支提窟的内部装饰在信徒的眼中就会活灵活现而且充满生机。绕塔礼佛是觉悟独特的礼仪活动，它为信徒开辟了一条从尘世到佛国的捷径。考察史料，我们会发现这种绕塔礼佛方式并非觉悟信徒原创，它是一种在古印度流传很久且享有盛誉的宗教仪式。据《百道梵书》记载，信徒礼拜时，须面向祭坛，坛上铺满吉祥草，礼拜者自右向左逆时针绕走三圈，当三层草都铺满时，他便铺放了足够的数量。然后，信徒再自左向右绕祭坛步行三圈。自左向右再重复三圈的原因是他紧随三代祖先远行之后，需要从他们那里回归现实。在人为营造的微观宇宙里，信徒们可以完成一次前往未知世界的旅行，并能安然返回现实。对觉悟信徒而言，进入支提窟绕塔礼佛或许就象征着他远行到了一个未知的宇宙世界。

如果觉悟信徒从支提窟的右侧廊道而入，沿顺时针方向绕塔礼佛是他的自然选择。如果他小心计算走过的柱子数量，他或许能算出步入未知宇宙的深度。他小心翼翼地一步一步前行，窟内的光线会变得越来越暗淡，每根柱子反射出来的光线，也会慢慢地消失在黑暗里，感知未知宇宙或许只能靠他的心灵了。行至尽头，他会从柱子间、明窗外微微露出来的光线分辨出半圆形覆钵塔体。这是人为营造出来的视觉效果，极为精确，令人深感玄妙。随着觉悟信徒步幅变大，他最终会靠近佛塔，此时礼拜的中心——佛塔已经近在眼前，观者会因距离太近而不能凝视它，这就是建筑上以分柱法而精确设计的神秘感和朦胧美。观至此处，尘世间的种种俗物在塔面前都已荡然无存了，礼佛者仿佛将自身置于一个虚幻的宇宙中，肉体恍恍惚惚地向极乐世界飘荡，灵魂也于此时得以升华。

如此看来，觉悟支提窟是通过绕塔礼佛的仪式使僧众借助超自然的力量洗涤灵魂世界。觉悟的支提窟与基督教的大教堂在空间布局上的相似，或许只是一种偶然的巧合，但从精神层面来说，东西方信众在建筑空间上的追求，一定是某种观念或者思想上共通的东西在发挥作用。

需要指出的是，支提窟的空间布局方式在觉悟建筑史上流行的时间并不长，影响也不大，现在世界各地常见的洞窟在空间上大体与居室相似，都是方形或长方形的空间格局。而且僧房与佛堂大多相连，一方面满足礼拜修行的需求，另一方面又是生活起居的场所，空间早已没有了往日的神秘，礼佛的路径与终点也不再刻意强调。

在探讨早期石窟起源的问题时，常常会有学者会问，精舍窟和支提窟中，究竟哪个是最早以凿刻的形式出现的呢？从宗教功能的角度来看，营造永久性的凿刻建筑，其主要目的是在印度夏天的雨季来临时，作为生活起居之处。由此来看，早期印度的精舍窟或许就是模仿地面上的木构毗柯罗，所以也有学者将精舍窟叫作毗柯罗窟。营建精舍窟的目的是满足觉悟信徒的另外一种修行方式——坐禅。僧众们静坐冥思就是在这样的洞窟里进行，所以这些精舍既是僧众们的禅定之所，也是他们的居住之地。

精舍窟与地面上的毗柯罗在平面形制上非常相近，从二者的形制来

图 1-4 古印度塔堂窟外景

看，类似井字形的平面布局，因此，其建筑空间分隔似乎是一种模数化的设计，窟内中心大厅的空间大小决定了与其临近的三个小室的空间格局。这种室内空间的巧妙设计，似乎对外传达出两个重要的信息：一是窟室平面以方形为母体，不断叠加重复；二是窟内空间以模数化的单元式构图。方形母体是古印度教三大神之一——梵天的象征，觉悟显然是借鉴了印度教的教义："这种形态是古代印度人为求达到天人合一的境界而创造出来的，它代表了古代印度人的时空观念。"

古印度的等级制度或许就体现在模数化的单元式构图上，精舍窟的等级对应着模数单元的构成数量。这一建筑概念与中国古建筑概念"间"相似，皆是对建筑等级的直观反映。精舍窟演变至晚期，逐渐摆脱了这种模数化的单元式构图，形式更加丰富多变，方形母体却被保留下来。

笔者通过梳理史料可知，由于觉悟倡导隐世和苦修，信徒们认为高山绝壁之处和神灵有着某种隐秘的关联，故而他们于人迹罕至的崖壁之上凿

图 1-5 古印度塔堂窟内景

窟开龛，以便修行，所以石窟最早是供印度觉悟僧侣修行之用的。虽然印度教和耆那教的教徒们也会选择营建石窟，但从目前遗留下来的建筑遗迹来看，大多数石窟寺建筑主要还是由觉悟徒开凿的。古印度的觉悟石窟发展历史漫长，建筑形式和开凿技术也不断创新，石窟寺的观念内涵也在向着多元化的方向演变，并彰显出自身独特的艺术魅力，而它所蕴含的人文底蕴与宗教气息更值得我们深入探究。

第二节 印度觉悟石窟在境外的传播

一、觉悟在印度境外的传播

公元前 3 世纪左右，南亚次大陆的孔雀王朝第三代阿育王统治时期，在上层统治阶级的大力支持下，觉悟信徒开始在印度境外传教。

1. **北传觉悟**

觉悟最初向印度之外传播的区域主要是在今天的阿富汗东南部、巴基斯坦北部和克什米尔地区。觉悟徒在上述地区不但大力推广觉悟的教义、戒律，还致力于觉悟艺术在这些地区的传播，这对该地区的宗教信仰和艺术风格产生了重要且深远的影响。

公元 1 世纪左右，被匈奴打败而被迫西迁的大月氏人，在上述地区建立政权，这就是历史上的贵霜王朝。大月氏人崇信觉悟，周边国家在其影响下也积极主动地接受了觉悟信仰。觉悟于此时向西、向北传入今阿富汗北部和乌兹别克斯坦南部区域，向东则传入中国新疆地区，然后沿丝绸之路传入中原内地。沿着丝绸之路东传的过程中，觉悟徒最初使用的佛典都是梵文写就的，他们进入中亚和中国新疆地区后，才陆续将一部分佛典翻译成粟特文、吐火罗文和龟兹文等，在中国古代的历史文献中，这些西域文字被称为胡语。在觉悟传入中国内地后，各种语言文字的觉悟典籍最后都被译成了汉语。

最早传入中亚和中国新疆地区的觉悟典籍，都是觉悟早期派别南传觉悟（又称为上座部觉悟）典籍，后来，大众部觉悟典籍也传入中原内地。这两个早期的觉悟派别随后演变为小乘觉悟和大乘觉悟，而在中国内陆地区广为流传的是大乘觉悟。

时至公元 4 世纪，觉悟由中国内陆传入朝鲜半岛地区，又在公元 6 世纪时，传到日本列岛。另外，觉悟还从中国南部传入中南半岛越南地区，再传入柬埔寨东部一带。这些国家地区受中国内地觉悟影响，其佛典均为汉文，而寺院日常诵经所用佛典也都是汉文写就的。

觉悟沿着这几条路线传播时，在不同地区也会受到诸多当地因素的影响，比如政治、文化、宗教和伦理观念等。随着传播的深入，觉悟早已不是当初的印度原貌了。觉悟传入中国内地以后，其教义思想和传统的儒家伦理道德观念就产生了激烈的冲突，而觉悟的传播发展也因此多有波折，这一点我们在后面的章节中还会提到。

2. **南传觉悟**

大约在公元前 3 世纪中期，孔雀王朝的阿育王派觉悟徒到印度洋岛国斯里兰卡传法，因其觉悟典籍用巴利文写就，故斯里兰卡的觉悟派别属上座部。大概在公元 5 世纪时，觉悟徒将佛法传播到了东南亚的缅甸和泰国地区，差不多在同一时间或者稍晚，印度尼西亚地区也信奉了觉悟。在向印度之外的地区传播时，南传觉悟混杂了许多印度教的东西，不可避免地还接受了一些各地区原有宗教的因素。因此，南传觉悟从印度传出之后，流传变化情况较为复杂。

3. **藏传觉悟**

中国西藏地区接受觉悟信仰的时间较晚，小乘觉悟在公元 7 世纪左右传入，但却并未广泛流行。至公元 9 世纪时，觉悟的分支——密教传入西藏地区，但传入中国后的密教已发生较大变化。藏传觉悟就是多数信众所熟悉的喇嘛教，但早期在西藏地区传播的觉悟典籍大多是用梵文写成的，只是到后来这些佛典才渐渐地被翻译成藏文。现存藏文觉悟典籍只有少部分是从汉文转译而来，绝大多数则是由梵文翻译过来的。蒙古地区大约是在公元 13 世纪左右接受了藏传觉悟，其传播发展则出现了一番别样的情况。

二、中国觉悟石窟概述

从印度向外传播的过程中，觉悟石窟沿着陆路的丝绸之路不断扩散，东至巴基斯坦、阿富汗到中亚各地，远到中国新疆地区，再经甘肃河西走廊地区，最后抵达长安洛阳等中原内陆地区。丝绸之路沿线地区星罗棋布地分布着数量众多的石窟，各族人民在商业贸易往来的同时，创造了五彩缤纷且各具特色的宗教艺术。

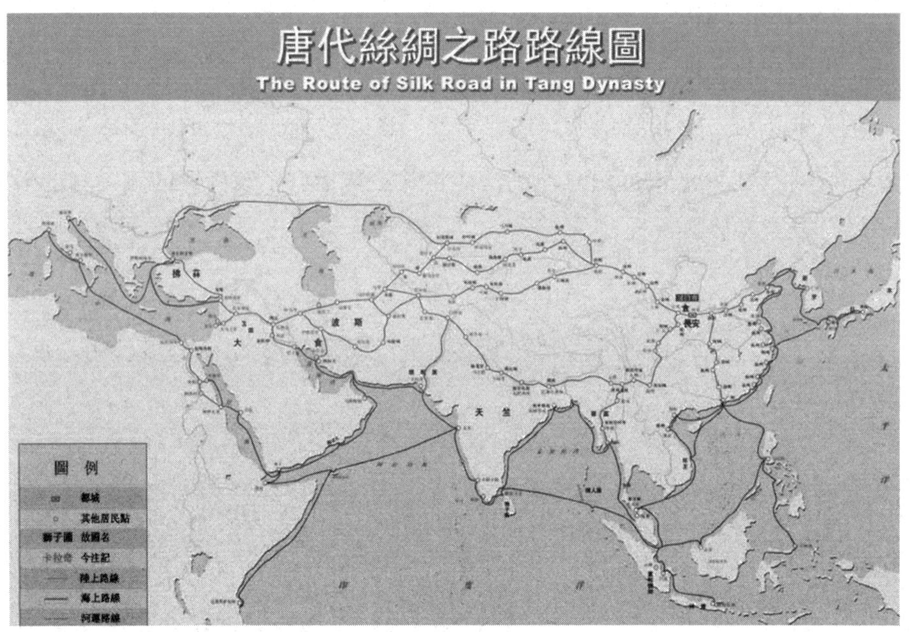

图 1-6　唐代丝绸之路地图

觉悟石窟艺术从印度传播到世界各地，往往会融入一些各地民族的文化艺术观念，使觉悟艺术更进一步地民族化和地域化，呈现多姿多彩的艺术面貌。不同地区的文化观念和艺术观念，都有地方多元文化传统的根基，它深植于各民族百姓的思想中，根深蒂固且影响久远。觉悟无论以何种姿态传入，不管是强硬还是柔和，都会受到各地区本地文化极大的影响，二者在冲突和融合中产生更为丰富多彩的文化形式。阿富汗巴米扬石窟便是当时中亚地区觉悟石窟艺术发展与兴盛的见证。

图 1-7　阿富汗巴米扬石窟

觉悟石窟寺在华夏地区的营建始于公元 3 世纪左右，时间跨越魏晋南北朝、隋唐、宋、元、明、清，石窟开凿或者修缮工作历代不绝。悠悠岁月，浩荡不已，觉悟石窟寺自印度、中亚一带传入中国后，与汉民族文化激荡交融，不断发展。魏晋南北朝是石窟寺在中国发展的辉煌时期，丝绸之路上的新疆和河西走廊地区遍布石窟，麦积山、炳灵寺等石窟，大家耳熟能详，石窟的觉悟造像与壁画还较大程度地保留了印度犍陀罗和笈多式等艺术的风格。新疆地区的龟兹石窟，更以其浸透着古希腊、古波斯和古印度文化艺术元素而著称于世，堪称石窟艺术史上璀璨夺目的明珠。新疆地区的吐峪沟、柏孜克里克等处石窟，也是丝绸之路文化的重要部分。就地理位置来说，古代高昌国即今新疆东部地区，是东西方文化交流的重镇，石窟的建筑形制和造像壁画的样式，都体现出西域文化与汉地文化的交融碰撞等特点，而这种交融性无疑影响了中国石窟寺的艺术面貌。

甘肃河西走廊地区作为丝绸之路的要冲，在汉唐时期不仅是东西方商业贸易的要道，同时也是觉悟石窟艺术东传的必经之地。印度和中亚地区的觉悟文化，东传的第一站便是西域地区，继而与内陆汉民族文化碰撞融合。而觉悟文化的传入，无疑又为汉文化的蓬勃发展提供了新动力，丰富并扩展了华夏文化的内涵。

敦煌位于甘肃的最西端，为古代河西四镇之一，乃西域与中原交通咽喉，是中原王朝在政治、经济、文化、宗教与域外世界沟通交流的门户。觉悟艺术从新疆地区向中原内地传入的过程中，作为中西文化交流的中心，敦煌地位特殊，它为觉悟文化艺术的发展所作贡献突出。绚丽多姿的敦煌莫高窟既是觉悟艺术发展的辉煌成果，也东西方文化交流碰撞的艺术结晶。

古河西地区的其他三镇武威、张掖和酒泉，也在丝路商业贸易的带动下迅速发展壮大。武威天梯山石窟、张掖金塔寺、酒泉文殊山石窟等石窟群，皆为十六国北凉时期开凿。北凉沮渠蒙逊在位时，石窟寺进入第一个兴盛发展的时期，其风潮迅速影响到敦煌地区，并波及古高昌、枹罕、秦州等地。黄河上游陇中地区的炳灵寺石窟以及陇南一带的天水麦积山石窟，都是在十六国时期开凿兴建的，它是觉悟东传影响不断扩大后的结果。

云冈石窟是北魏定都平城后开凿营建的，宏大的规模将石窟汉化的进程推向新的巅峰。孝文帝迁都洛阳后，北魏王朝的政治、经济、文化中心逐渐南移，洛阳成为中国北方王朝新的宗教中心。而伊阙（龙门）石窟的开凿，则进一步加速了觉悟文化的汉化，并将石窟艺术的发展成就推向高潮。中国觉悟石窟文化在以后的发展过程中，淬炼和融合已有的各民族文化元素，艺术面貌呈现出更有活力的装填，而北齐时期营建的响堂山石窟正是绽放其中的一朵奇葩。

三、西域地区石窟

觉悟艺术向东传播过程中，沿途经过中亚、东亚各地，在西域地区保留下来数量众多的石窟，这些石窟犹如一颗颗珍珠镶嵌在戈壁沙漠上，其中最夺目的那颗就是新疆龟兹石窟。古代龟兹即今新疆南部库车一带，曾为汉唐时期西域大国，是东西方商业贸易之路上的重镇。龟兹石窟共有九个石窟群，克孜尔石窟是知名度最高的一座石窟。

石窟艺术虽然起源自南亚次大陆地区，但西域地区的石窟已经在各方面与古印度石窟有许多差异。从建筑形制来看，主要差异体现在洞窟形式的多样性，但石窟群整体功能并未改变。所以，从功能角度上来看，石窟大体上仍可分为两类：一是觉悟礼拜窟，主要有支提窟（中心柱窟）、大像窟和讲经窟等三种类型；二是觉悟徒生活窟，主要有精舍窟、方形窟（禅窟、罗汉窟）两种类型。古印度石窟的建筑布局和组合方式基本被西域石窟承袭，形式却已丰富多变。举例来说，克孜尔石窟就有三种窟群组合方式，即由一座、两座或多座中心柱窟，配以方形窟和精舍窟组合在一起构成三种类型的石窟群。

另外，支提窟和精舍窟在数量和比例上的变化，也是其中的一个显著特点。支提窟少而精舍窟多是古印度觉悟石窟群的特点，但西域地区石窟群往往是支提窟多而精舍窟少。造成这种差别的主要原因是古印度觉悟徒主要以石窟为修行之所，觉悟僧侣专注于个人修行，而西域石窟的主要功能是满足礼佛信徒的起居生活。正是由于主要功能和服务对象的巨大差异，使得古印度觉悟石窟群在传入中土后，窟群建筑形式发生了较大变化。

正是因为这种变化，觉悟信徒或者礼佛者对于觉悟偶像的需求大大提高，而对佛塔的需求则降低了，对佛像的绘制和塑造的需求则极为迫切，易于陈设佛像的中心柱窟一举成为西域地区主要的石窟形式。早期的克孜尔中心柱窟，其主室平面略呈方形或长方形，主室后壁向内左右两侧各凿出一条甬道，左右甬道在内侧连通，形成与主室后壁平行的后甬道，这就是所谓的后室。后室内壁的壁画内容一般为佛涅槃，色彩艳丽，造型优美。壁画饰满窟内墙壁，窟龛内则陈放佛像。

这种类型的中心柱窟的开凿与新疆南部库车地区的地质特点有极大关系。库车地区砂岩质地松软，开凿宽大的洞室十分不易，所以要在室内中央立一根粗大的石柱以支撑穹顶，这样就可以避免石窟坍塌，印度支提窟中央的佛塔就转变为石柱了。

中心柱前壁龛内的佛像，觉悟僧徒进入洞窟后抬头即可看到。礼拜佛像则为首要之务，虔诚的信徒一边观看佛像，一边则在脑海中想象佛“一切圆满之相”，继而向右绕行步入一侧的甬道，观看甬道墙壁上的壁画：先是佛诞场景，转入后室，则为佛涅槃和荼毗，再转进另一侧的甬道，则为八王分舍利，起塔供奉。礼佛时绕行次数越多，则越见其虔诚之心。

中心柱窟与古印度的支提窟相比，二者都是在绕塔礼佛的宗教仪式支配下开凿的。新疆龟兹石窟是在主室正壁后部凿出甬道，以供礼拜绕行。只不过古印度支提窟中的佛塔变成了方柱，佛像的陈放地也由佛塔变为柱龛。佛塔意味着佛陀的涅槃，方柱却只为佛像的陈放和支撑窟顶而存在，已没有多少宗教上的象征意义了。中心柱窟的艺术主题以佛像为中心，而古印度支提窟中用来导引观众视线的列柱已经彻底消失，整个主室完全开敞，佛像成为视觉关注的中心。

觉悟石窟传入中国内地后，建筑形制从“以塔为中心”转变为“塔像一体”，新疆地区“以像为中心”的石窟正好填补了这一转变的关键一环，即塔为中心→塔像一体→像。觉悟思想中脱离轮回的“涅槃”，转变为超脱生死的“永生”，这正是从塔像一体到只强调佛像的意义所在。中心柱窟的开凿，尽管与库车地区的砂岩结构有较大关系，但当时觉悟思想和宗教仪式活动的转变也是一个重要的诱因。

列柱的取消和甬道的开凿则让中心柱窟更适合绘制壁画。因为没有列柱遮挡室内观众的视线，甬道墙壁更为壁画提供了绘制展示的空间，龟兹石窟壁画的发展由此进入了快车道。新疆龟兹石窟壁画内容和形式复杂深邃，它既受到多种域内民族文化的影响，也受到域外古印度文化的深远影响。

新疆龟兹石窟壁画的内容与石窟建筑形式（明亮的主室与幽暗的后室）及中心柱龛的佛像密切相关。正如前文所述，中心柱窟与古印度的支提窟在建筑形制上既有关联又有差异。这种差异正是觉悟艺术本土化和地方化之后的特色。窟内立塔或凿中心柱，都是供觉悟僧徒绕行礼拜之用，所以从形制上来说，它们都属同类建筑，并没有多少本质上的区别。

图 1-8　新疆龟兹石窟

四、中国内地石窟

觉悟传入中国内地的路径基本上和古代的丝绸之路重合，由印度本土经中亚、西域地区一路向东，穿过甘肃河西走廊，进入中原内地。河西走廊地区作为觉悟传入中原内地的前沿，在传播和推广觉悟艺术方面，发挥了积极的作用。在今甘肃省的很多地方都有觉悟石窟开凿，保存到今天的大概有60多处，在这些大型石窟中，最有代表性的当属家喻户晓的敦煌莫高窟。

从建筑形制上来看，敦煌莫高窟共有中心柱窟、精舍窟、大佛窟、涅槃窟、覆斗形窟和背屏式窟等六种类型的石窟。其中大佛窟和涅槃窟都各有两处，精舍窟只有三处，与新疆龟兹石窟相比，这三种类型的石窟数量显得很少，随着觉悟向东逐渐深入中国内陆，觉悟的汉化也在不断推进，这三种类型石窟的数量呈现出递减的规律。造成这种现象的原因与修行的方式差异密切相关，中原内地觉悟徒的修行之所多为建于地面上的寺庙，而不是凿于山岩石壁上的石窟。

莫高窟在北魏中期以后出现了大量中心柱窟形式的窟型，根据目前我们掌握的资料来看，可以肯定，这种窟型是从龟兹石窟建筑形制中移植过来的，但是这二者也有不同之处。龟兹石窟的中心方柱有以下三方面的意义：首先是作为支撑石窟窟顶的建筑构件；其次是满足觉悟信徒右旋礼佛之需；三是作为前后室壁画内容的自然区隔，营造一种适合壁画主题表现的建筑空间，引导善男信女加深对佛法的理解。具体说来，前室光明，后室昏暗，前室给人以阳光和希望，后室则予人以惆怅和悲伤。前室和后室明暗对比十分强烈，甬道则是它们之间的过渡空间。

随着觉悟传播逐渐深入内地，大乘觉悟被小乘觉悟取而代之。石窟壁画内容越来越多地接受了中原文化的影响，龟兹石窟壁画中的一些独特内容，慢慢失去了存在的宗教支撑。莫高窟的中心方柱一般较为规整，佛龛凿于柱身四面，以便信徒右旋时观佛，但中心方柱后面是单纯的甬道，严格来说，它不是独立的窟室，仅是供行人穿行的通道。从建筑整体来看，莫高窟的中心柱窟是一个单室结构，只有个别洞窟在主室之前设置一前室。在中心柱窟的窟室前部，窟顶为人字坡形，上设脊枋、檐枋和椽子，并装饰木制斗拱。这种建筑做法显然是受到了中原内地木构建筑的影响。

图 1-9　敦煌莫高窟

通过对敦煌莫高窟中心柱窟的分析，我们得知：中心柱窟的甬道空间乃是为绕塔礼佛活动而设，它是古印度觉悟石窟建筑风格的延续，人字形坡顶显然是吸收借鉴了汉民族的建筑文化元素。敦煌莫高窟的中心柱窟是两种文化艺术互相交融的结果：甬道空间展示传播着龟兹文化艺术的魅力；人字坡殿堂虽然仅占全窟三分之一的空间，却是汉民族文化艺术的结晶。人字坡殿堂虽然仅占全窟建筑空间的三分之一，但是这三分之一毫不突兀地融入全窟和中心柱窟，最后呈现的效果无不说明汉文化宽广的胸怀和强大的包容力，能够将不同的文化元素融汇在胸膛之中，同时又能以自身的包容性使多种形式的文化元素在其中和谐地融合，彰显出近乎完美的宗教艺术魅力。

敦煌莫高窟中心柱窟还有一个重大的空间变化，那就是作为涅槃象征的后室没有了，这是觉悟教义思想的一种变迁。在古印度的觉悟石窟中，涅槃是当仁不让的主题，佛塔是瘗埋佛舍利的建筑，它意味着涅槃，意义重大且神圣无比。在龟兹石窟中，中心柱窟的后室是涅槃题材壁画艺术的载体，其空间居后，这说明觉悟教义中的涅槃思想在石窟中的地位被无形中削弱了。而敦煌莫高窟的中心柱窟，则彻底取消了后室空间，涅槃思想不再被突出强调，但它以另外的艺术形式——窟型和壁画仍然存在着，成为历代石窟中广泛存在的装饰链条。

石窟建筑形制的这一转变，也意味着觉悟教义思想从古印度文化的“死”（涅槃）正式转向了汉民族文化的“生”（佛像崇拜）。这也就是说，在觉悟东传过程中，其宗教思想已被汉文化所改造，这是积淀了几千年的中华文化之魅力所在。觉悟艺术从古印度经由西域传入敦煌地区后，其形式和内容也同时被改造了，这足以说明，这个改造是贯穿于觉悟思想及其艺术形式在中国传播过程的始终的。

敦煌莫高窟的中心柱窟是中国石窟形制演变中的一个细节，它不是觉悟建筑形制演变的最终结果。中心柱窟里的石柱其实就是古印度佛塔的另一种形式，但石窟类型从中心柱窟发展到覆斗形石窟，确实是石窟文化在建筑形式方面的一种巨变。从建筑形式上来看，覆斗形石窟和中心柱窟存在着一定的演变逻辑，中心柱窟的人字坡顶不断向内收缩，最后覆盖整个石窟顶部，这就是覆斗形石窟的形制渊源。中心柱、佛塔、甬道都被取消了，覆斗形石窟的后壁仅保留放置佛像的壁龛。从建筑形式上来讲，覆斗形石窟为满足佛像崇拜功能，作了彻底的汉化改革。所以，从中心柱窟演变为覆斗形窟彰显了觉悟在传入中国后的本土化趋向。

覆斗形石窟其他的演变形式，则可以理解为觉悟传入中国内地后，石窟形制的内部演变。我们以背屏式窟为例，其建筑形制大体上与覆斗形石窟相近，但没有佛龛，只是在石窟中心设佛坛，将佛像置于坛上。这两种石窟在展示陈设佛像方面存在较大差异，佛龛高而凸显，佛坛低矮不显，

图 1-10　敦煌莫高窟覆斗形石窟外景

将佛像从佛龛下移到佛坛，有效缩短了佛与信徒之间的距离。这是佛与人关系转变的一种具体形式，从礼佛效果上看，它使得礼佛更富人情味。

图 1-11　敦煌莫高窟覆斗形石窟内景

觉悟石窟艺术传到大同云冈和洛阳龙门后，本土化气息越来越浓郁。这种本土化转变是觉悟修行方式从注重“个人苦修”到看重“偶像崇拜”所导致的，从最初寻味人生苦谛到追求幸福生活，这是觉悟教义的彻底汉化。倘若我们换个角度，从艺术风格演变的侧面来观察，就会发现，这种转变其实是觉悟教义和艺术形式的双重转变，它深刻揭示了汉文化海纳百川的包容力。关于此部分内容，笔者将在后文有所涉及。

总体来讲，石窟艺术传入中国后与汉民族文化的交流、碰撞、交融，经历了漫长且复杂的重构过程，才使得具备典型“中国特征”的石窟艺术逐渐定型，它在壁画、建筑、雕塑等艺术层面，甚至在观念、意识等诸多方面都形成了鲜明的中国特色，这就是中国觉悟石窟艺术绵延 1700 年之久的奥秘，它的意义和价值早已突破了汉文化或者和宗教文化的界限。

在丝绸之路沿线国家地区，石窟艺术受到了不同民族甚至不同种族统治者的扶持，难以数计的各族人民艺术家们，以其非凡的创造力和坚定的付出，为世界留下了像阿富汗巴米扬石窟、印度阿旃陀石窟、中国敦煌莫高窟等伟大的觉悟文化遗产，这些文化遗存丰富了浩瀚的人类文明史，也填满并书写了一部世界觉悟文化史。中国觉悟石窟寺分布范围广且时间跨度长，它是亚洲文化史上的绝笔，也是人类宗教史上的丰碑。本书将从河北响堂山石窟切入中国石窟艺术，研究其产生和发展的历史过程，考察其融汇多种文化元素的特点，解释其视觉上的成功和审美上引人入胜的原因。

第三节　响堂山石窟概述

在印度阿育王及以后统治者的不断支持下，觉悟石窟艺术持续向外扩散、传播。丝绸之路沿线国家地区的各民族，又为石窟艺术的丰富和发展注入了新的创造，使其更加五彩斑斓，更具有当地民族生活和文化特色，更能彰显当地民族的精神信仰和艺术追求。各民族对石窟艺术的再创造，不仅丰富和完善了觉悟艺术的内容和形式，也进一步加快了觉悟文化与当地文化的融会，由此带来更广泛意义上的宗教繁荣。著名的世界遗产阿富汗巴米扬石窟，就是中亚地区觉悟石窟艺术发展兴盛的历史见证。

图 1-12　响堂山石窟

觉悟石窟寺在中国的开凿始于 3 世纪末的十六国时期，之后各朝代都不断开凿或修缮，经历了漫长的发展过程。从印度传入中国的觉悟石窟寺艺术，与汉民族文化艺术不断碰撞交融，在融合之余还进行了大胆的创新。到了南北朝时期，中国的石窟艺术已经自成体系，而响堂山石窟便是其中浓墨重彩的一笔。

响堂山石窟中凝聚着中国南北朝时期人们的精神信仰和追求，也体现着当时雕塑、绘画、书法及建筑等技艺的最高成就，并把这些技艺中不同的技术要领和精神理念和谐统一地呈现于同一石窟群中，使得响堂山石窟群成为饮誉世界的宗教文化遗产。自北齐王朝（公元 550—577 年）始建，响堂山石窟历经隋、唐、宋、元、明各代的修补和开凿，其中的建筑形式、绘画技艺和雕刻手法囊括了多朝代、多种艺术形式的特点，是中国古代社会及经济、文化发展的见证者。

图 1-13　响堂山石窟外景

响堂山石窟所在的鼓山中部地质条件和自然条件都十分优越，使之便于开凿和保存。同时，鼓山横贯东西，处在重要的战略位置上，有着重大的经济和政治意义，为北齐宗教文化的腹地。由于石窟群开凿在山腰之上，在山谷和石窟本身的回声作用下，会将石窟群中所发出的声音不断反射、回弹，在山中形成铿锵的回声，动人心魄，故而这里得名“响堂山石窟”。

响堂山石窟群囊括三个组成部分，即南响堂、北响堂和小响堂。

一、响堂山石窟的分布

滏山和鼓山的西麓分布着南响堂和北响堂两个石窟群，二者相距约15千米。两处石窟群均始凿于北齐王朝，之后在隋、唐、宋、元、明各代都进行了相当规模的开凿和修缮。从地质学上看，滏山和鼓山为古生代寒武纪到奥陶纪石灰岩，南、北响堂山石窟地表基本上是新生代第四季风黄土。滏山和鼓山石质坚硬，适合开窟凿龛及雕刻佛像。响堂山石窟现存石窟大小共计31个，造像残存近5000尊，规模和数量可以媲美大同云冈石窟和洛阳龙门石窟，不愧为北朝晚期颇具规模的皇家石窟寺。

图1-14　响堂山石窟外景

北响堂石窟凿于鼓山山腰，原名鼓山石窟，雄伟壮丽，气势非凡。北响堂石窟群现有洞窟22个，包括南区、中区、北区、九条洞区4个部分。南、中、北三区都是以一个大窟为主，辅以若干个小洞窟。南区共有3个洞窟，即双佛洞（第一窟）、大业洞（第二窟）、刻经洞（第三窟），主窟为刻经洞；中区共计 4 个洞窟，即释迦洞（第四窟）、第五窟（三角洞）、第六窟（小天洞）、第七洞（关帝洞或明洞），主窟为释迦洞；北区计有 4 个洞窟，即宋洞（第八窟）、大佛洞（第九窟或明洞）、文官洞（第十窟或唐洞）、隋佛洞（第十一窟），主窟为大佛洞；登山路的左侧是九条洞区，包括第十二至第二十一窟共计 9 个洞窟，该编号为今人按位置自上而下命名，这九个洞窟均为小型佛龛窟。据文献记载，清代时，窟龛内都置有佛像。龛之外形呈尖楣圆拱状，当中装饰束莲，从窟龛的建筑形制来看，应为隋唐时期所凿。第二十二窟位于九条洞南侧 20 米处，开凿时间为唐代，也是小佛龛窟。

在北响堂石窟群所有 22 个石窟中，大佛洞（第九窟）是最能体现响堂风格的石窟。规模宏大而且雕刻精美的大佛洞窟，高 12.5 米，面宽 13 米，进深 12 米。窟内正中有一中心方柱，柱身三面开龛；石窟四面是大型的“塔形窟”，雕刻精巧，装饰烦琐，富丽堂皇，是响堂山石窟群中重要

图 1-15　响堂山石窟内景

的作品之一。“大佛洞”石窟在中心方柱三面开龛的做法，为北齐王朝石窟建筑的新风格，开一时之先河，堪称北齐响堂山石窟艺术的最高成就。

傍崖而造的南响堂石窟，洞口面朝西南，共有八个洞窟和一处摩崖造像群。依据断崖地势，分为上、下两层窟群，断崖上层共有六个洞窟，分别是第三窟（空洞）、第四窟（阿弥陀洞或观音堂）、第五窟（释迦洞或拱门洞）、第六窟（力士洞）、第七窟（千佛洞）、第八窟（西方洞）；断崖下层只有两个洞窟，即第一窟（华严洞）和第二窟（般若洞）。摩崖造像群位于断崖石窟群之东，为唐时雕刻。在规模数量上，南响堂石窟群小于北响堂石窟群，规模最大的洞窟是断崖下层的第一窟（华严洞），该窟高 4.9 米，面宽和进深均为 6.3 米。著名的《大方广佛华严经》就刻于华严洞内，它是研究中古书法艺术的珍贵资料。

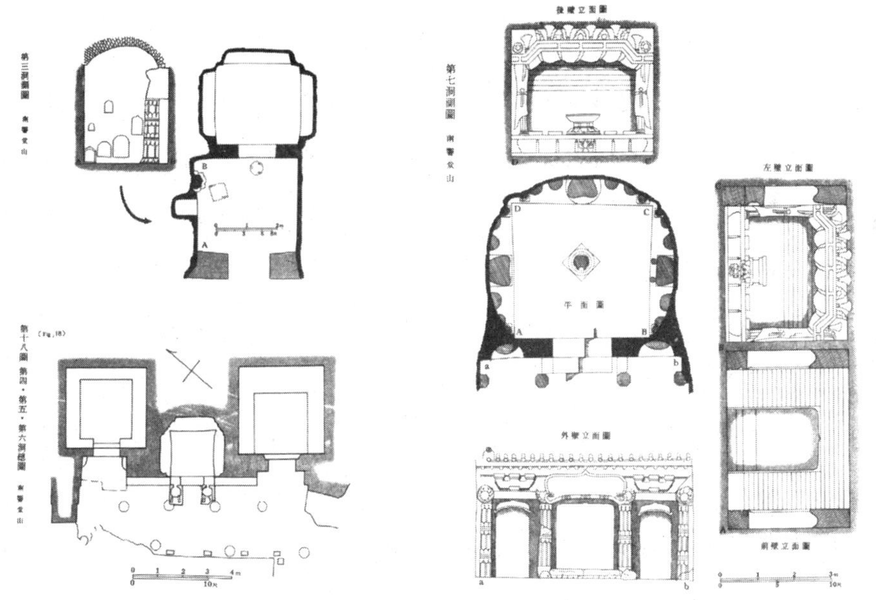

图 1-16　响堂山石窟平面图

第七窟（千佛洞）是南响堂石窟群中最有代表性的洞窟，它是一个三面开龛的佛殿窟。石窟三面均凿开帷幕帐形龛，龛内置一佛二弟子二菩萨像，佛像配置为典型的北朝形制；龛下开门内雕神王像。第七窟内的佛像精美，造型大气，颇为可观，而三面开龛的佛殿窟也成为响堂山石窟群的特色建筑。

二、响堂山石窟的石窟形制

石窟的形制，即石窟建筑的规格和风格，其建筑空间形态则被称为洞窟形制，不同类型的石窟，其建筑空间形态差异较大。马世长曾言："各类不同形制的石窟皆是古代僧人根据宗教活动与生活需要而凿建的。它们的出现和存在，是有其特定的历史原因的。……石窟的建筑空间形态，往往是由其使用功能的特定需求所决定的，同时又受到不同历史阶段、不同民族、不同地域的固有文化传统的制约和影响。而石窟的建筑形态，所显示出的诸多时代或地域的特点和变化，也是我们在研究中不应忽视的问题。"作为一种特殊的建筑形态，石窟集雕塑、壁画、书法等多种艺术门类于一体，其建筑外观与内部空间直接影响着佛像、壁画及纹饰的布局。响堂山石窟是北齐王朝开凿的大型皇家石窟，在石窟形制和内部结构方面，与现存的其他石窟并无二致。如果说独创性的建筑成就，可能要数"塔形窟"这种独特的洞窟形式了。

就石窟形制而言，响堂山石窟可以分为三种类型：

一是塔形窟。因石窟外形近似地面上的佛塔，故而得名。这种石窟将印度佛塔及中国木构建筑巧妙地融为一体，因其类型在中国其他地方极为少见，所以它是研究中国北朝建筑的珍贵资料。"塔形窟"的概念最早是由王去非提出来的，他在《参观三处石窟笔记》中言道："第三洞在第二洞上方，有阶梯可以攀登，整个外观做塔上的覆钵形……与第二洞合成一

个完整的塔形……它的外形犹如第七层壁面的塔形龛……”

图 1-17　响堂山石窟图案装饰

塔形窟是响堂山石窟群中的特色建筑，年代属于北齐时期的总计有 11 个。按照塔顶外观的差异，可以分为覆钵式和楼阁式两大类。北响堂第七窟是典型的覆钵式塔形窟，其洞窟外壁被凿成仿木构建筑形式，而窟顶上部为覆钵体，石窟的窟廊和窟檐，则是由传统木结构建筑元素如柱、枋、拱、街和瓦陇等构成。楼阁式塔形窟的结构分为上下两层，外形与楼阁式塔相同。经过长时间的发展，塔形窟形制才逐渐走向成熟，其发展演变的规律与洞窟开凿的时间有较大关系。

根据学者们的研究，塔形窟的发展演变经历了三个阶段。

第一个阶段是响堂山石窟的开凿初期，代表洞窟有北洞和中洞。早期塔形窟的外观结构并不复杂，覆钵体与下层塔身之间没有柱子，作为装饰构件的斗拱直接与下部连接。据文献记载，北洞可能是北齐开创者高欢的陵墓，因此要起塔供养，为其歌功颂德。匠士们没有在洞内建造一座实体佛塔，而是创造性地在石窟外部雕刻出了覆钵体，以此象征塔的存在。

第二个阶段的代表洞窟是南洞和第七窟，此时塔形窟在外观上已基本定型，覆钵体的表现已趋向于装饰性，而且常以山花、蕉叶来烘托，覆钵体上还饰以象征塔刹的火焰宝珠，塔体造型甄于成熟。这个阶段的塔形窟还借鉴吸收了一些传统木构建筑的手法，一方面创造了开龛造像的先例，另一方面也为阁楼式塔形窟的形成奠定了基础。

第三个阶段的洞窟都是阁楼式塔形窟，代表洞窟有南一、三窟等。在这一阶段，原来的开龛造像逐渐发展为开窟造像，进而使塔形窟演变成上层开三窟的样式，形式上也变得复杂而烦琐。“塔形窟”的形成原因非常复杂，它包含了社会各方面的影响因素。这种新的石窟形制后来发展成为一种石窟模式，并影响到了其他地区的石窟风格。

二是中心柱窟，这是我国觉悟石窟中最常见的一种形制。中心柱窟的建筑原型来自印度的支提窟，支提窟就是塔庙窟，因此，中心柱窟也被称为中心方柱式塔庙窟。“支提”在梵语中意为佛塔，早期觉悟徒通过礼拜

图 1-18 响堂山石窟内景

佛的足迹、圣树、佛塔等，以达成对佛的礼拜。支提窟内设有前后室，前室空间为殿堂式格局，后室中央置中心柱体以象征佛塔，柱体从地面直达窟顶，柱体四面开龛陈设佛像。发展到后来，支提窟的雕刻纹饰越来越丰富，窟门外侧刻有门神、供养人像，列柱在柱头上也刻有华丽的装饰。

中心柱窟自北魏以降逐渐流行，云冈、龙门、敦煌等地都有中心柱窟出现，且柱身多为四面开龛。时至北齐，响堂山石窟延续了中心塔窟的基本形式，但也作了较多改变，形成了响堂山石窟的独特风格。响堂山石窟的中心柱窟多为三面开龛或单面开龛，后壁上部与山体相连，下部形成低矮的通道，以供信徒礼佛时通行。

响堂山的中心柱窟有南响堂第一、二窟和北响堂的第四、九窟。洞窟平面呈方形，窟顶有平顶形和覆斗形两种，窟内中央为通顶方柱，柱身三面开龛或一面开龛，后壁不开龛，仅有甬道。响堂山的中心柱窟继承了云冈、龙门中心塔柱窟的基本形式，而单面或三面开龛的独特做法使中心方

图 1-19　响堂山石窟内景

柱更加简洁，彰显了北朝晚期中心柱窟由繁到简的发展趋势。

三是佛殿窟，它是我国最典型的石窟形式。佛殿窟平面多为方形，所以又被称为方形窟，它的功能与寺院佛殿大体相同。北魏时期，佛龛进深较浅，空间容纳小，所以多采用圆拱形龛，佛龛底部与地面距离近，龛形高大，佛像较为突出明显。响堂山石窟中的佛殿窟平面也多为方形，窟顶为穹隆顶，窟内格局为三壁三龛，延续了龙门石窟的风格特点。响堂山石窟的佛殿窟规整、庄重，石窟雕刻严谨、精细，细节彰显出皇家石窟的风范。

三、响堂山石窟艺术的分期

响堂山石窟作为北朝晚期石窟艺术成就的杰出代表，其开凿历经多个朝代，绵延 1000 多年的时间。关于响堂山石窟艺术的分期，古今中外学者们的研究成果已相当丰富。

《资治通鉴》卷 160："东魏武定五年（公元 547 年）……虚葬齐献武王高欢于漳水西，潜凿成（武）安鼓山石窟寺之旁边为穴，纳其柩而塞之……"

《永乐大典》卷 13824："智力寺，在磁州成安县，齐欢薨于太原，默置于鼓山天宫之旁……"

《唐邕刻经碑》："（北齐）晋昌郡开国公唐邕……眷言法宝是所皈依，以为缣缃有坏，简册非久，金牒难求，皮纸易灭，于是发七处之印，开七宝之函，访莲花之书，命银钩之迹，一音所说，尽勒名山，于鼓山石窟之所，写《维摩诘经》一部、《弥勒成佛经》一部。起天统四年（公元 568 年）三月一日，尽武平三年岁次，壬辰五月二十八日（公元 572 年）……山从水火，此方无坏。"

从现存洞窟遗迹、文献史料以及造像风格三方面来考察，响堂山石窟艺术的发展基本上可以分为早期、中期、晚期三个阶段。

早期觉悟造像风格主要承袭北魏，石窟营建的赞助者主要是皇室贵族，工程浩大，石窟以大型窟为主。代表洞窟有北响堂的大佛洞、释迦洞、刻经洞、双佛洞、宋洞，南响堂的华严洞、般若洞、空洞、阿弥陀洞、释迦洞、力士洞、千佛洞、东方摩崖造像，小响堂西窟等共计 14 个洞窟。响堂山石窟艺术发展的早期，觉悟造像是响堂山石窟雕塑的精华，代表着响堂山石窟艺术的最高成就。

响堂山石窟艺术发展的中期，时间跨越隋、唐两朝，北周灭佛运动后又一造像热潮出现了。这一阶段，石窟营建少有大窟，多数是小型的佛龛。

代表洞窟有北响堂大业窟的隋龛、九条洞中的诸多佛龛，南响堂阿弥陀洞、释迦洞、空洞、阿弥陀洞、力士洞内外的唐代佛龛以及小响堂西侧崖壁上的唐代佛龛。

响堂山石窟艺术发展的后期，即宋、金、明、清和民国时期，这一阶段是我国北方觉悟石窟艺术的衰落期。

小结

石窟文化最早源于印度，随着觉悟在印度的兴盛，其影响力也在不断扩大，石窟逐渐从单纯石凿的洞窟转变为集建筑、雕塑、壁画于一体的觉悟艺术综合体，它是人类文化艺术宝库中极为重要的组成部分。

公元 3 世纪前后，觉悟石窟艺术由印度沿丝绸之路逐渐传入中国，丝路沿线各族人民在接受吸纳的基础上，又对其进行了创造性的变革，形成了具有地域化、民族化特色的觉悟石窟文化。到了南北朝晚期，中国的石窟艺术发展到了巅峰，而响堂山石窟正是这一时期石窟艺术的杰作。

通过上述章节的文字梳理，我们已经对觉悟石窟艺术有了一定的认识，同时也对响堂山觉悟石窟艺术背后的精神内核和艺术追求有了相当的把握。现在我们可以带着这些现有知识，走近响堂山石窟，对它进行更深一步的研究。

第二章　响堂山石窟开凿的背景

正如前文所述，营建于北齐时期的响堂山石窟，是中国觉悟石窟寺艺术的杰作。觉悟石窟艺术将外来的多种宗教、文化元素进行了深刻的改造和淬炼，最终形成了兼容并包的艺术特色和风格。但是在这种兼容并包的艺术特色和风格中，不只包括来自印度和西域的影响，还包括鲜卑文化对响堂山觉悟石窟艺术的影响，同时，积淀深厚的传统文化也为响堂山石窟的开凿奠定了深厚的精神基础。

同时，我们还不得不去思考，北齐时期为何会掀起这样一股造像风潮？北齐王室为什么选择将皇室石窟寺开凿在响堂山石窟？而鼓山和滏山具有怎样得天独厚的优势，才使得石窟群得以顺利开凿，并且在千百年的发展中得以保存？我们就带着这些问题开始对响堂山石窟开凿的背景进行逐层深入的分析。响堂山石窟是觉悟及觉悟建筑艺术的一种独特的表现形式，而觉悟并不是中国本土的宗教，那我们不妨就从觉悟传入中国开始说起。

第一节 响堂山石窟开凿的文化原因

一、觉悟兴起及东来

觉悟的诞生距今已有2000多年的时间，它是由古印度迦毗罗卫国（今尼泊尔境内）的王子乔达摩•悉达多创立。王子创立觉悟后，信徒隐其姓名，尊称其为释迦牟尼，简称佛陀。

古印度是世界四大文明古国之一，其地域涵盖今天南亚次大陆的印度、尼泊尔、巴基斯坦、孟加拉国等地，国名源自境内流淌的印度河。公元前6世纪初，印度还没有完成统一，境内有大大小小16个国家，国内思想空前活跃，觉悟也就是在这一时期产生的。现代学者的普遍观点认为，那是在公元前523年5月的月圆之夜，佛陀得道，成为大彻大悟的觉者。然后，他在瓦拉纳西附近的鹿野苑首次说法，之后游历了现在比哈尔邦和北方邦东部的许多地方，宣扬他的教义，并赢得了越来越多的信众。他还会见了他那个时代的伟大君主——其中就有摩揭陀国王频毗娑罗。

佛陀在世时到各地传教，他所陈述的有关觉悟的教义和戒律，当时都没有被记录下来。佛陀的陈述只有当时的少数人知道，知道最多的是弟子们。佛陀去世后，广大弟子把佛陀过去关于教义和戒律的陈述集中起来，以便于遵循和进一步传播。

佛法初弘的境遇与基督教在欧洲最初的境遇有着天壤之别，它从一开始就得到了古印度统治者的青睐与扶持。阿育王时代，觉悟被政治家作为一种主流社会意识形态被大力提倡和推广。孔雀王朝的第三代国王阿育王积极倡导宣扬觉悟，在他的命令下，王国的官员们还尽可能多地竖立岩石和石柱，在上面镌刻觉悟的正行之道，以广泛长期地宣传觉悟教义和宗教道德。而这一行为又一度掀起了石刻法敕的浪潮，引领了觉悟经义传播方式的创新。

公元 2 世纪前半叶，贵霜王朝第三代君主迦腻色迦在位期间，国力最为强盛，当时社会上的经济、文化和科学都相当发达。和孔雀王朝的阿育王相似，迦腻色迦也大力推广觉悟，在他的赞助支持下，觉悟在印度举行了第四次结集大会，结集地也是在贵霜王朝的统治中心区域。也正是在这个时期，佛法在印度和中亚以外的地区也在广泛传播着。

觉悟传入中国是在东汉明帝时期，这是历史文献记载的准确时间。据《后汉书》卷十所记："初，明帝梦见金人，长大，项有日月光，以问群臣，或曰：西方有神，其名曰佛，陛下所梦，得无是乎？于是，遣使天竺，问其道术，遂于中国而图其形象焉。"这段话的大概意思：东汉明帝有一次梦见了金色的巨人，身躯高大，颈项间有日月的光辉，形容神圣高洁，汉明帝向群臣述说梦境中的事情，有大臣对明帝说："西方有一种神，它的名字叫佛。陛下梦境中见到的应该就是这种来自西方的神明吧？"神灵入梦，自然是一件了不得的大事，此事引起了明帝的高度重视，于是他派遣使者前往西方，寻访觉悟的教义和戒律，后来觉悟便传入了中国，佛的形象也一步步深入中国人的脑海和内心。这个故事不仅告诉了我们觉悟传入中国的准确时间，同时也说明了中国在接纳西方觉悟文化时，还是有一定的主动性的。故而，东汉以来，觉悟在中国的传播，既是觉悟广泛传播，也是中国有意识接受和学习的自觉选择的结果。且随觉悟一起东传的还有觉悟文化和丰富多彩的觉悟艺术，这其中当然包括石窟艺术。

二、觉悟艺术传入

丝绸之路是古代中国与西域诸国进行交流交往的一条交通要道。自西汉时期开通以来，丝路很快发展成为一条贯穿欧亚大陆的文化商贸通道。通过丝绸之路，古老的中国与域外世界走到了一起，与其他文明国家的联系越来越密切。汉唐时期的东西方文化交流空前繁荣，通过丝绸之路，域外国家的文明精华不断被汉民族吸纳接受，而汉文化也向世界展示了伟大的创造力，因此，丝绸之路对沿线国家和地区的影响也是空前的。

古代中国也在政治、经济、文化各方面浸润了西域诸国的发展，影响深远，意义重大。经营西域是汉唐帝国对外开放的主要举措，而将西域诸国纳入统治版图中，则极大地促进西域诸国经济文化的发展，也奠定了各民族的兄弟般团结的情谊。西域诸国的政治经济和社会生活等方方面面，也受到中亚、西亚和南亚国家地区的文化影响。伴随着觉悟一路向东传播，西域诸国成为觉悟艺术最为兴盛的区域，丝绸之路沿线不少地方，至今还遗留有大量的佛像雕塑和石窟造像。

丝路沿线的西域诸国不仅建造了数量众多的寺院，创造了绚丽的壁画和精美的造像，还修建和开凿了众多的觉悟石窟造像。岁月悠悠，历史无尽，地面上的寺院建筑已随着绿洲城邦的衰落而被废弃了，但是那些凿丁断崖绝壁上的石窟寺，却历经千年历史岁月的砥砺，比较完整地保存至今。觉悟石窟生动地展现了觉悟艺术的昌盛，也成为今天研究丝路艺术交流和西域各民族文化历史的珍贵资料。

零星分布在新疆各地的觉悟石窟群，被当地人俗称为千佛洞，这些洞窟中就有不少陈设佛像以供礼佛的支提窟，也有许多供信徒修行和生活起居的精舍窟。千佛洞内残存的珍贵壁画，题材内容既有表现佛本生故事的经变画，也有塑造觉悟偶像的“千佛”像，还有相当一部分内容是反映古代生产与生活场景的。新疆克孜尔千佛洞中的“牛耕图”“锄耕图”等就是最好的例子，前者采用“二牛抬杠式”的犁具，后者挥动“砍土镘”形状的锄头，壁画里的这些农具，新疆一些地方的农民至今仍在使用。供养人像也是新疆石窟壁画的重要内容，供养人大多是当地的权贵土豪，他们的容貌身材和衣服装饰，极好地展现了西域地区的民族特色。千佛洞中还发现了大量的汉文典籍，大多是汉文、梵文、婆罗迷文、回鹘文写成的佛经。

三、对响堂山石窟影响颇深的犍陀罗艺术

犍陀罗是一个历史区域概念，2000 多年前就已经出现，其疆域在历史上可能发生过多次变动，但大致范围在印度西北边陲一带。据大唐玄奘法师记载：犍陀罗王国在公元 7 世纪时的统治区域约在今巴基斯坦白沙瓦峡谷及其周围区域，处于犍陀罗王国和阿富汗东北部连接处的开伯尔隘口，是丝绸之路的必经之地。

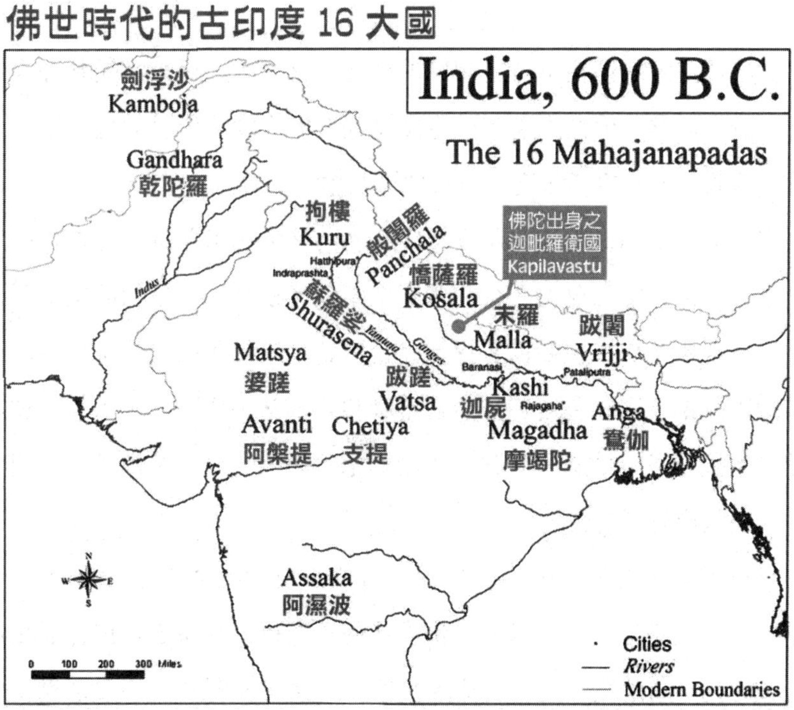

图 2-1　古印度十六大国

历史上的犍陀罗地区曾多次被外敌侵袭，波斯帝国东侵曾经占领过此地，马其顿王亚历山大东征也曾经占领该地。印度孔雀王朝阿育王统治时期，犍陀罗地区的人们普遍接受了觉悟信仰。孔雀王朝覆灭后，古希腊人在公元前 190 年左右控制了犍陀罗地区，后来，北方游牧部落塞克人于公元前 90 年左右占领袭夺此地。100 多年以后，大月氏贵霜王朝统治了犍陀罗地区，贵霜王朝的统治者君主迦腻色迦大力扩张国家疆域，建立了一个幅员辽阔的帝国，首都定于犍陀罗。迦腻色迦皈依觉悟后，在帝国境内修建了难以计数的寺院、僧舍、佛塔等觉悟建筑，以弘法来巩固统治。迦腻色伽统治时期，贵霜王朝在政治、经济、文化、宗教、艺术等方面走向全面发展，这时期觉悟艺术的发展尤为昌盛，犍陀罗艺术随同觉悟文化一起向东传播，越过葱岭进入西域，并最终影响到华夏帝国的腹心地带——中原地区。

犍陀罗艺术的源头出自古印度的觉悟文化艺术，后来又受到外来的希腊文化影响，犍陀罗艺术是东西方文化融合的产物，所以，犍陀罗艺术又被称为希腊印度式或者印度罗马式觉悟艺术。

犍陀罗艺术和诞生于北印度笈多王朝的笈多艺术并称，是古代印度的两大艺术流派。觉悟诞生之初，并不主张偶像崇拜，在早期的觉悟浮雕艺术中，表现佛传故事主要以菩提树、台座、足迹等象征符号来呈现。到了贵霜帝国时期，迦腻色迦王仿照古希腊和古罗马神像制作了大量佛像，犍陀罗艺术接受了古希腊和古罗马雕刻艺术的影响，已经突破了古印度早期觉悟不搞偶像崇拜的传统。

犍陀罗艺术的发展分为前后两个阶段：前期约从 1 世纪初叶至 3 世纪中叶，为贵霜王朝统治时期，佛像采用青灰色云母质岩片进行雕刻，因此又被称为片岩阶段；后期约从 3 世纪中叶至 5 世纪中叶，是萨珊王朝和寄多罗贵霜人统治时期，采用石灰与黏土混合而成的灰泥或赤陶土塑造佛像，故而又被称为灰泥阶段。犍陀罗地区后来不断受到外敌侵袭，觉悟建筑和觉悟造像被大量毁坏。公元 520 年，北魏僧人宋云路经犍陀罗地区时，此地已经大为衰落。公元 7 世纪初，唐朝僧人玄奘到达犍陀罗时，千余所寺院建筑已尽数被毁，只剩下一片片的废墟。关于犍陀罗艺术的分期，也有的学者根据考古出土资料提出了四期说，本书以二期说为准，对学界的四期说不再赘述考证。

佛像是犍陀罗艺术的主要内容。佛像的标准模式通常是：身着与罗马长袍类似的通肩式袈裟，头部面容与希腊阿波罗式美男子相近，高鼻深目，长耳薄唇，佛像头顶的肉髻则是古希腊人像雕刻中常见的波浪式卷发，佛像身后常有简单的背光。古印度觉悟造像的传统模式也有所保留，比如立像手势多作施无畏印，坐像手势多为禅定印，坐姿多为莲花坐。

图 2-2　古印度犍陀罗觉悟造像

犍陀罗觉悟造像的人种特征，多带有印欧混血特点，比如悉达多太子、弥勒菩萨、观音菩萨等都是如此。他们通常上半身袒露，头戴珠宝饰物，佩戴耳环、璎珞、护符、臂钏、手镯等，披帛从肩上缠绕左臂搭在右臂，下半身穿印度式围腰布兜带，波纹状褶皱密布其上，佛像头部之后亦有头光，右手作施无畏印，足穿缀珠凉鞋。

总体来讲，犍陀罗佛像的人体重心偏向一侧，这是希腊古典人像的标准姿势，而佛像身上的通肩袈裟，从左肩放射状垂向右下方的衣纹，造型写实，层次分明，错落有致。这种风格的佛像与古印度笈多式佛像大不相同，笈多式佛像多为正面站立姿势，重心置于两腿之间，衣服紧贴身体，衣纹凸起在胸腹部与两腿之间呈 U 字形。

自魏晋南北朝以来，犍陀罗艺术发展兴盛之地主要位于丝路南道和北道沿途的佛事活动中心。丝路南道上的鄯善、于阗等地的觉悟遗迹，明显受到了犍陀罗艺术的影响；年代较晚的于阗觉悟艺术，还同时受到了印度笈多样式的影响。有学者认为若羌米兰佛寺遗址一处壁画上的带翼天使，为印度本土神明，但大眼圆睁的儿童形象与古罗马雕像中的小爱神丘比特非常相似。壁画上还描绘了佛陀与站成两排的六个剃发比丘，佛陀发髻高耸呈波浪式，身穿通肩式袈裟，衣纹流畅，佛头之后有简单的头光，右手前伸作施无畏印，这些都是受到希腊化风格影响的犍陀罗佛像的特征。从壁画的整体风格来看，线条简练，色彩柔和，风格写实，都显示出西方写实艺术的倾向。

犍陀罗艺术内涵丰富和风格多样，尤其是在它传入中国内地后，还融合了中古时代线条流畅、构图明快的优点，艺术魅力更加独特，在宗教艺术史上谱写了辉煌的篇章。犍陀罗艺术对东方艺术的发展影响深远，它为古代中国带来了许多新鲜的艺术因子，从色彩到造型，从情感到思想，东西方文化艺术形成了全面碰撞和融汇。1000 多年时间过去了，沿着犍陀罗艺术传播线路，我们去追寻丝路沿线的石窟古迹，那些千姿百态的佛像和亟待修复的壁画，仍然能够深切地打动我们的心灵，这是一种穿越时空的艺术魅力，必将亘古不朽地书写在我们的历史中。

四、觉悟艺术本土化

觉悟艺术的本土化过程，自觉悟由丝绸之路传入就已经开始了。此处我们主要以魏晋南北朝时期石窟壁画风格的演变来感受觉悟艺术的本土化过程。

魏晋南北朝是中古时代一个较为特殊的时期，从 3 世纪初到 6 世纪末，分裂动荡的局面持续了 300 多年，虽然战乱频仍、经济停滞，但觉悟东传和民族大融合却有力地促进了文化艺术的繁荣发展。石窟寺是觉悟艺术的重要载体，能够装饰建筑空间、营造宗教氛围、解释觉悟教义的石窟壁画被大量绘制，它为觉悟在中国的传播发展发挥了重要的作用。现存魏晋南北朝时期的石窟壁画，内容丰富，题材多样，想象自由，是我们研究觉悟艺术本土化演变的重要史料。

龟兹是丝绸之路新疆段塔克拉玛干沙漠北道的重镇，作为觉悟进入西域地区的第一站，此地最先受到外来文化的冲击。觉悟初传西域时期，石窟壁画完全是新生事物，当地的画工对觉悟教义和内容题材等一无所知，龟兹当地的传统经验完全没有借鉴价值，因此，龟兹石窟壁画呈现出浓郁的笈多和犍陀罗艺术之风。

虽然受到域外文化艺术的强烈冲击，但新疆克孜尔石窟壁画却并不是完全抄袭，而是将西域民族艺术与古印度觉悟艺术巧妙地融合在一起，从而创造出一种中西融合的新形态，它既带有强烈的中亚艺术气息，又充分展现出早期觉悟艺术的特征。作为一种全新形态的西域石窟壁画，很快就对敦煌莫高窟壁画产生了直接影响，而随着岁月的变迁，敦煌当地的文化和审美标准又开始在艺术本土化的过程中发挥作用，敦煌壁画样式也在随后诞生了。敦煌壁画样式逐渐成熟以后，又会沿着丝绸之路逆推，反过来影响先前的西域石窟艺术。这些案例充分说明，汉民族文化具有超强的包容性，它对外来文化的吸收都是有针对性和选择性的，在不断催生新的文化艺术形态的同时，也在不断丰富壮大着中华文化。

笔者将在下文以中古时期石窟壁画内容题材的演变为例，来阐述其本土化的发展过程。

图 2-3　敦煌壁画

第一，觉悟人物题材的本土化演变。此类题材多出现在石窟壁画“说法图”中。因觉悟偶像有严格的形制规范和固定的形象要求，所以佛像的发展变化相对而言较为缓慢。但佛像之外的顶光、头光、宝座、法器等，毫无例外地会受到民族习惯和审美观念的影响而不断变化。

受南朝画家陆探微所创“秀骨清像”绘画样式的影响，佛像衣饰已经放弃古印度重肉欲的贴体薄衣样式，而转向“气韵生动”的“褒衣博带”样式，这无疑更加符合魏晋士大夫的服饰审美风尚。

早期西域石窟壁画中表现佛光，光环往往都比较简单。北魏时期的中原贵族尚豪奢重装饰，受到这种审美风尚的影响，石窟壁画中的光环周围开始加饰不同颜色，后来逐渐演化成繁密精细的火焰纹。到北魏后期，佛光已完全变成传统的屏风样式，俨然成为最重要的描绘对象。

菩萨造型的变化无疑是觉悟艺术本土化最成功的案例。西域石窟壁画中菩萨和伎乐飞天，往往以丰乳细腰的裸体形象示人，这无疑与儒家伦理、中土习俗相背，被挡在了玉门关外。北魏初期的菩萨形象虽仍有西域遗风，但已进行了相当程度的改良，形象多为体态敦实、神情安详的朴素母性；到北魏晚期，菩萨形象又变为形态婀娜、“面短而艳”、周身环佩叮当的贵妇样式。

基于弘法的现实需要，中古时期石窟壁画里的一些“说法图”中，开始加入现实生活中的真实人物——供养人。他们是开窟造像的功德主，是觉悟艺术的赞助人，这些供养人既有属于统治阶级的帝后、嫔妃、官员，也包括一些商人、财主和普通的善男信女，觉悟人物题材内容逐渐民族化、世俗化。壁画中人物的大小、组合、构图、位置等都体现了封建社会以帝王为中心的等级观念，呈现出明显的中国传统文化特征。

第二，石窟壁画背景内容的本土化改良。相对于佛像而言，壁画背景内容的改良更加自由随意，不受固定模式的局限，工匠们的创作自由得以完全释放。自然世界中的客观物象诸如日月星辰、花草树木、飞禽走兽都会被“拿来”，汉民族传统绘画中的吉祥纹样、瑞兽祥云、亭台楼阁、山水花鸟也可以被随意采撷。西北甚至域外的一些动物形象如鹿、狮、鸽、猴、羚、牛等，在早期西域石窟壁画中经常出现，但在中原地区却极少见到，汉民族工匠遂以野猪、马、兔、鹤、鸭等中原动物取而代之，这显然是对汉画题材内容的沿袭。

而在一些佛本生和经变画中，背景内容也在逐渐融入青龙、白虎、朱雀、玄武等传统形象。从题材内容上来说，它们都是阴阳五行观念和道家神仙思想的反映，或许可以理解为域外的“佛性”与中土的“仙境”完美地融合在一起，是觉悟艺术中国化的最生动体现。

东晋时期，山水作为卷轴画题材的一种逐渐走向独立，山水图式最能体现魏晋时人的人生哲学，山水画创作与佛寺营建风行一时，二者在观念上有着极为相似的内质。山水图式的“玄远”意境可以被借来表现觉悟徒的精神家园，石窟壁画中的西域式“风景”也会被自然过渡到中土的“山水”图式。北朝时期敦煌石窟壁画中“人大于山”“水不容泛”的早期山水形态与传为东晋顾恺之的《洛神赋图》之间，有着一脉相承的渊源关系，这或许就是石窟壁画背景内容本土化的最好例证。

第三，觉悟石窟壁画故事题材的本土化改良。佛传故事和本生故事在早期石窟壁画中占主体地位。佛传故事，即对佛陀生前经历和生平故事的描述，常见的佛传故事有乘象入胎、树下诞生、出城游观、半夜逾船等。佛传故事的早期表现形式多为方形片段，后期则借用魏晋时期的手卷形式，有选择地截取部分精彩片段以“连环画”的形式，把佛传故事表现出来。

本生故事即佛陀的前世故事，多为善言善行。早期壁画中的本生故事有九色鹿本生、萨埵那太子本生、月光王本生等。而诸如舍身饲虎、割肉贸鸽、守戒自杀等觉悟传统题材，则侧重表现忍让、苦修、自我牺牲等精神，画面血腥且与中国传统审美观念不符，逐渐被反映吉祥瑞应和世俗生活的因缘故事所取代。因缘故事则是表现善男信女对佛的供养，佛陀的神通力量以及与佛有关的渡化故事，常见的故事题材有梨耆弥七子娶妇、金财只手献金钱、象护乘金象入宫赴宴、波斯匿王丑女变美等。

敦煌石窟壁画中还有一类神明形象，如东王公、西王母、伏羲、女娲等。如敦煌第 285 窟的《伏羲女娲图》，伏羲、女娲皆人首蛇身，日月之中有金乌、蟾蜍，将它们杂糅在一起，并与佛像绘于同一壁面上，这无疑是与佛道完美碰撞后的视觉整合，也是觉悟故事题材本土化的直观体现。

图 2-4 伏羲女娲图

从石窟壁画题材的演变过程来看，觉悟艺术在传入中国之初，故事题材就已经开始本土化。后经数百年的发展演变，在东西方文化的碰撞融合下，域外民族的文化艺术、宗教信仰、艺术风格不断被汉民族吸收借鉴，它们彻底改变了华夏儿女的生活方式、思维方式和审美观念。响堂山石窟开凿之时，一种完全本土化了的觉悟艺术风格日臻成熟，一种新的文化艺术形式日渐被重视，它打破了自商周以来由中原文化占主体地位的汉文化格局，多元化的中国文化在真正意义上成形。

综上所述，我们梳理了觉悟文化及西域文化改进觉悟文化对响堂山石窟风格特色的影响。除此之外，还不得不提及南北朝时期民族大冲突、大融合时期对中原文化产生巨大影响的另一种文化——鲜卑文化。

五、鲜卑文化对响堂山石窟艺术的影响

历史上的少数民族——鲜卑，在中古时代曾经一度缔造了辉煌灿烂的北魏王朝，鲜卑文化默默地汇入汉文化的洪流中，鲜卑民族对历时数千年的中华文明作出了重要的文化贡献。公元 1 世纪中叶，鲜卑族人以金戈铁马和圆月弯刀扣开了中原王朝的大门。汉人统治者和士大夫见识到了一种截然不同的生产方式、社会关系和民族文化，鲜卑游牧文化与汉民族农耕文化经历冲突、碰撞，直到最后完全融合。这场民族大融合也是一场文化大融合，过程复杂曲折，鲜卑拓跋部的几次政治改革可以说打通了民族隔阂的桥梁，为鲜卑文化和汉文化的融合奠定了基础。

鲜卑民族兴起于中国东北大兴安岭山脉，其族源属东胡部落，是我国北方阿尔泰语系的游牧民族。鲜卑民族的历史可以上溯至西汉武帝时期，而魏晋南北朝时期正是鲜卑民族的活跃期。鲜卑民族共有六支，其中著名的有慕容鲜卑、拓跋鲜卑和宇文鲜卑，这三支都曾对中国历史进程以及汉文化构成发挥了举足轻重的作用。

鲜卑文化与两汉时期北方草原上的匈奴文化，有密不可分的渊源关系。鲜卑族最早隶属于匈奴，匈奴被汉王朝击垮后，麾下各民族纷纷自立，鲜卑民族由此崛起。据历史学家们研究，鲜卑六族中的宇文一脉，正是匈奴西迁后，留下来并入鲜卑族的匈奴人。早期的鲜卑文化和匈奴文化非常相近，除语言体系存在差异外，其生产方式、社会形态、信仰、服饰、饮食等非常近似，都是典型的北方游牧民族文化。

“公元 49 年，鲜卑首领偏何归附东汉。54 年，鲜卑首领满头，於仇贲部到洛阳朝贺，被东汉封为王族，管辖鲜卑、乌桓各部。随着匈奴分

图 2-5　鲜卑族古地图

裂，鲜卑逐渐摆脱了匈奴的控制。”

从此，鲜卑文化跟东汉文化有了亲密接触，随着东汉帝国边境的开放，汉与鲜卑间的互市、朝贡、通婚越来越频繁，在文化交流的大潮中，鲜卑民族渐渐认识到汉文化的博大精深，一些有远见的统治者开始学习汉文化，以此来巩固和壮大自己的政治力量。

由鲜卑拓跋部所推动的民族大融合是我国历史上至关重要的一次民族大融合，它是游牧文化和农耕文化的一次激烈碰撞，也是一场自上而下从生产方式到社会制度的大变革。鲜卑民族因此摆脱了草原奴隶制的束缚，向封建文明社会迈进。经过北魏孝文帝的汉化改革，鲜卑文化以一种急流的方式汇入了汉文化，就规模和程度而言，这种融汇都是非常罕见和彻底的。从另一个角度来看，鲜卑文化的注入也为汉文化注入了发展活力和生机，使汉文化变得更加丰富、更加包容，响堂山石窟的艺术特色便是民族文化碰撞与融合的生动展现。

图 2-6 鲜卑族壁画

响堂山石窟内的造像多为北方人粗犷、雄伟、豪迈的形体造型，加以质朴、简练的服饰特色，并一改北魏以来以线条为主的艺术特色，注重形体的塑造和描绘，工整、洗练、简约、传神，这些独特的艺术风格特色使得整体造型更加贴近现实生活。它将对神佛的神秘感与敬畏感亲切、自然化，使得整体造型呈现出一定的自然感与真实感。具有鲜卑文化血统的高氏统治者开凿的觉悟造像形体敦厚、圆润富态、面目素雅、高鼻长目，显示出了上层统治者的显赫地位与北齐民族的豪迈强健，彰显了北齐时代的显著艺术特色和民族文化内涵。

游牧的生活方式给了鲜卑民族不同寻常的速度与激情，使他们崇尚简洁与简练、力量与豪迈，凡此种种都融入了他们的艺术创作之中，又随文化交流与融合的脚步给往日雍容、儒雅的汉文化带来了冲击和新鲜的血液。同时，鲜卑人的面貌、服饰、形体、生活方式等都成了影响响堂山石窟内造像题材与风格的重要因素，最终使得响堂山石窟在中国众多的石窟中毫不逊色。

可以说，千百年的民族交融史，就是一部不同文化和汉文化相互之间交流学习的交流史。豪迈粗犷的鲜卑统治者踏入汉民族的文化土壤后，以谦卑而诚恳的心态学习汉文化的优秀成果，而汉文化也以海纳百川、兼容并蓄的胸怀，不断地吸收借鉴少数民族文化中的精华，华夏文化由此更加壮大、更加丰富、更加多元。

六、传统技艺的丰富遗产

除了外来文化对中原文化的融会与影响外，响堂山石窟中的艺术风格、开凿技法等也受到了传统技艺极为深远的影响。这些传统技法包括中国传统的书法、绘画及雕刻技艺。

响堂山石窟中保存了相当数量的刻经，内容宏富，研究价值极高。刻经主要以隶书写成。北齐时期，刻经中的隶书是以一种较为艺术化的形式

图 2-7　响堂山石窟刻经（局部）

而出现的。这种刻经书法以汉隶为基础，兼及魏晋时期的楷书形式，形成了颇具北齐特色的隶书写经体。北齐刻经书体以楷书写隶，辅以篆书表意，用笔方中带圆，笔势温婉含蓄，其字貌瘦不枯，融合隶、楷、篆三种书体的优点，精当地继承了前人书法艺术的精髓，完美地体现了中国传统书法的魅力。就刻经刀法而言，响堂山石窟刻经洗练精熟，乃皇家气派，观之如堕梦里，久久沉迷其中而不能自拔。

响堂山石窟中的装饰纹样也能明显看出它对传统文化与技法的继承与发展。龙是中国古代的吉祥纹样，令人称奇的是，它在响堂山觉悟石窟中也大量出现。龙纹主要装饰在响堂山石窟的门拱、龛楣、窟口等处，位置变化较多，形式丰富多样，但造型基本一致。

在响堂山石窟营建的历史过程中，各种装饰纹样也经历了一个汉化过程，最初以南亚次大陆和中亚地区的异域风格为主，南北朝时逐渐地与中国传统装饰纹样相结合，形成了独特的装饰纹样新风格。总体来说，响堂

图 2-8　响堂山石窟壁画（局部）

山石窟中极具表现力和想象力的装饰纹样艺术，是北齐时期雕刻艺术的新高峰，它为隋唐时期装饰纹样艺术的创新和发展打下了坚实的基础。

响堂山石窟的雕刻技法与曲阳石雕文化有极深的关联。兴起于太行山脉的曲阳石雕，凝聚着古老淳朴的石雕文化和艺术情结。在盛产白石的山坳里，多少代人通过一锤一钎的雕琢，造就了曲阳石雕的技艺之魂。在各民族文化碰撞交融的大背景下，北方游牧民族和域外觉悟文化悄无声息地融入了他们的艺术创作中，锤钎铿锵有力地传达出民族的尊严和宗教的虔诚，雕刻出属于全人类的文化瑰宝。

生于斯长于斯的生活感受，对造型艺术独特的感悟，都自然地渗透进曲阳石雕工匠的心灵。他们有拙中藏巧、以小喻大的技艺，他们有让顽石通灵的本领，他们将宗教信念和审美情趣融注在每尊佛像中，石雕艺术因此有了深沉的文化内涵。

公元 3 世纪后，中国北方地区掀起了一股西域觉悟艺术的风潮。从五胡十六国到东魏北齐，北方多个王朝都大力推崇觉悟，觉悟艺术得以迅速发展，声势之大甚至有盖过南方地区的势头。尽管魏晋南北朝时期中国南方地区的觉悟艺术和南渡士大夫的审美风尚，曾经一度占据主导地位，南风北渐给北方以重大影响。但是，重大的觉悟寺院和石窟营建大部分还是中国北方地区完成的。举世闻名的新疆克孜尔石窟、敦煌莫高窟和响堂山石窟等，都是在北方地区开凿的，它们如同镶嵌在东西方文化交流之路上的一颗颗明珠，光辉璀璨，耀古烁今。

位于北方腹地的河北曲阳也是觉悟石雕之乡。曲阳艺匠以觉悟内容为创作题材，巧妙地将世俗观念融入观音、三世佛、金刚、力士等造像创作中，把世俗生活融入佛国想象，这无疑是一种艺术化的深刻理解。总而言之，响堂山石窟不仅学习继承了曲阳石雕的技艺，同时它也承载了北方石雕工匠对技艺、对佛祖的虔诚以及对幸福生活的深深祈愿。

总的来说，响堂山石窟的文化背景深厚而多元，来自印度犍陀罗的灵动而有佛性的风，来自西域神秘而有奇香的风，来自朔北豪迈而爽朗的泱泱之风，来自中原从容雍雅的风在这里交汇，发生了神奇的化学反应，这风最后化为风刀，以柔和但不失豪气的力量在鼓山腰开窟造像、刻字成碑，为我们留下了千年不朽的文化瑰宝——响堂山石窟。

第二节　响堂山石窟开凿的政治原因

一、南北朝时期的政治格局

觉悟自东汉明帝时传入中国，绵延发展至南北朝时期，从皇室贵族到平民百姓，越来越多的人将觉悟信仰作为苟活于乱世的精神支柱。觉悟不仅得到了上层统治阶级的认可扶持，也在社会中下层找到了生存的土壤。例如，南朝梁武帝萧衍是一位虔诚的觉悟信徒，有“皇帝菩萨”的称号，他从宗教意识形态出发，维护了萧梁政权的正统性。无独有偶，高齐皇室中的大多数也笃信觉悟。

据《续高僧传》卷十六《释僧达传》：“末为魏帝废中，王（高欢）敕仆射高隆之召入邺都，受菩萨戒。”

《续高僧传》卷八《释法上传》：“年阶四十，游怀化卫，为魏大将军高澄奏入在邺。”

《北齐书》卷四《文宣纪》：“（天保七年）是月，（文宣）帝以肉为断慈，遂不复食……乙酉，诏公私鹰鹞俱亦禁绝。”

北齐王朝开创者高欢是一位觉悟徒，而且还曾受菩萨戒；大将军高澄曾邀请高僧入邺都讲法；文宣帝高洋则不食荤腥且禁捕鹰鹞……由这几段历史文献我们可以推知：北齐皇室高氏父子笃信觉悟，并且世代崇佛，为了树立北齐政权的正统形象，借助宗教意识形态制定了一个积极可行的政治策略。高氏父子从东魏元氏手中夺取政权正是借助了觉悟的力量，一系列觉悟谣谶被有计划地炮制出来，觉悟僧侣积极活跃在东魏朝堂，且在重大的政治活动中扮演了一定的角色，高氏父子借助宗教完成了意识形态正统性的构建，北齐也终于取代了东魏。

为了扶持觉悟的发展，东魏北齐统治者积极完善僧官体系，多次表明崇佛抑道的政治态度，高澄就是最早提出且执行这一政治主张的统治者。为了树立觉悟的主导地位，高澄主政时期曾邀请高僧释法上入邺，其目的一方面是弘扬佛法，扩大影响；另一方面则是通过任命释法上为东魏僧官系统的最高领袖，以便管理人数众多的僧尼。东魏北齐两朝，释法上担任统师之职长达 40 年，为稳固高氏政权作出了很大贡献。

北齐文宣帝时期，觉悟的政治地位进一步提高，道教势力则遭到极大打压。文宣帝高洋全面继承了其兄高澄的宗教政策，崇佛抑道的国策被继续推行。他曾组织召集关东地区佛、道两界的大论辩，还强制道士剃度出家，放弃道教信仰而皈依觉悟，不从者皆杀之，并在邺都盛开讲席，邀请海内高僧说法，从而确立了觉悟在北齐王朝的国教地位。

正是因为东魏北齐上层统治者的有力扶持，觉悟在北齐境内得以迅速发展，大批寺院佛塔被营建。据不完全统计，北齐境内寺庙、佛塔有 40 余万座。伴随着僧徒信众的日益增多，寺院经济也得以壮大勃兴，这主要得益于最高统治者的财力支持。高氏政权将八州之赋税收入供给僧侣，以维持其日常开支；文宣帝高洋甚至要将国家财政收入的三分之一用于维持全国庞大的觉悟活动，觉悟在北齐发展之盛，由此可见一斑。

著名历史学家何兹全言道：“国家要维持和巩固自己的政权，有两种必要的手段。一是武力的压服，一是得到人民的拥护。但武力只能用于暂时，用作最后手段。用麻醉的手法获得人民的拥护才是维持和巩固政权的有力方法。”

高氏父子借助觉悟的力量，通过一系列的政治行动，如关东僧侣的谣谶、《高王观世音经》的编撰等，成功地在意识形态领域树立了北齐政权的正统性。作为政治回报，觉悟在东魏北齐王朝被立为国教，由国家财政奉养僧侣，觉悟的主流地位得以确立。

从人民心理的角度来说，觉悟宣扬轮回思想，主张今生受苦，死后超脱，来生到西方净土享受富贵等，这些内容在客观上具有麻醉人们的作用；而统治者为了稳固统治也崇信觉悟，积极倡导发展觉悟，既是一种自我麻醉借以逃避现实，也是想借助宗教麻醉人民。唯其如此，乱世

图 2-9　响堂山石窟内景

中的人民才会忘记眼前的战乱、灾祸和苦难，放弃对现世幸福的追求，也放弃对统治者施行仁政的诉求，转而将所有期望留给虚无缥缈的来世，以今生的无为、善行和对苦难的忍受来赎前世之罪，并换取来世的福报。将觉悟立为国教，让广大人民信奉佛法，统治者可以轻易地推卸治国不力、战乱频生的责任，而对寺院经济的大力扶持，则是将自己与人民的命运捆绑在一起，以此维护自身政权的合法性。从这层意义上来讲，扶持觉悟、兴塔建寺，统治者不只是在做功德，他们已经自觉地把觉悟看作是维护政治统治的有力工具。

觉悟教义虽然主张消除欲望、无欲无为，但从历史实际来看，觉悟在现实政治上从来都不是无欲无为。在君主专制的中国封建社会，为了弘法传教的需要，觉悟必须借助上层政治力量的扶持，正所谓“不依国主，则法事难立”！而且觉悟僧徒剃度出家，不事生产，一切用度供给均需依赖施舍捐助，这就更加需要世俗政权的支持。

北齐取代东魏以后，觉悟发展趋于鼎盛，仅邺都一地就有寺庙 4000 余座，僧侣近 8 万人。僧侣人数的暴增，促使北齐统治者加强僧官制度的建设，僧官的设置主要是为了让觉悟更好地服务于世俗王权，它同时也表明觉悟已与国家政治生活密切联系在一起了。

可见，响堂山石窟的开凿是北齐统治者以增强政权合法性为目的发展寺院经济的产物之一，是在封建王权在政治上的大力倡导且动用集中资源在经济上给予支持的条件下建立起来的，与此同时，它由于迎合了人们的精神需求，也有着深厚的民间基础——其建立是在各方面的诉求下实现的。

二、响堂山石窟的几个政治功能

从上文中我们知道，响堂山石窟的修建有其深远的时代背景和深刻的政治经济原因以及社会心理基础，但除此之外，它被需要还因为其所承担的几个实用功能。

第一个功能是可以充当高齐王室的离宫。正如前文所述，响堂山石窟的营建得益于北齐皇室贵族的资助。北齐是由鲜卑化汉人高欢高洋父子开创的封建王朝。高齐皇室贵族往来邺都与晋阳两地之间，中途必经响堂山石窟所在的鼓山。

据北响堂寺常乐寺的《金正隆四年重修三世佛殿记》碑文记载："文宣帝自邺都诣晋阳，往来山下，故其离宫，以备巡幸……于此山腹，见数百圣僧行道，遂开三石室，刻诸尊像。"

这段历史文献表明：经常往来于邺都与晋阳的文宣帝高洋，在此处修建了离宫，以备皇室贵族成员歇脚之用。高洋曾于此处见数百圣僧行法事宣讲佛家教义与戒律，感其神圣，故而就在这里开凿了三个石窟，还把诸位圣僧的形象雕刻了下来。不难看出，北齐统治者在响堂山的营建活动，最初是为皇室贵族建造避暑歇脚的离宫，因此响堂山石窟具有离宫的功能。

第二个功能是可以作为高齐皇室贵族成员的陵墓。史书记载："东魏武定五年（公元 547 年），虚葬齐献武王（高欢）于漳水之西，潜凿成安鼓山石窟佛寺之旁为穴，纳其柩而塞之，杀其群臣，及齐之亡也，一匠之子知之，发石取金而逃。"

这段文献记载表明，高欢死后，其灵柩就置于鼓山石窟佛寺中，而为了防止泄密还杀了一批知情人。现在的学者推测，响堂山石窟大佛洞上方小窟正是高欢灵柩停放之所。

那么，高齐皇室又为何将帝王陵墓建在石窟寺旁呢？我们略做分析，上文提到了"潜凿成安鼓山石窟寺之旁为穴"，这其中一个"潜"字就揭示了其中一个原因，那就是保存亡者的尸体，使之不受破坏。第二个原因，我们猜测与高齐皇室的宗教信仰有关。高氏家族虔信觉悟，将先人遗体放在石窟寺之旁，有受佛光普照、佛戒净化、佛祖保佑后人的祈福之意。

不得不说，响堂山石窟首创了石窟造像与帝陵相结合的方式。作为皇家石窟的北响堂石窟，其中北洞葬着上文提到的高祖高欢，中洞则或许是大将军的陵寝，而南洞则可能是文宣帝高洋的陵寝，这在中国历史上是绝无仅有的。

响堂山石窟作为觉悟寺庙的第三个功能自然是供广大佛觉悟徒参拜瞻仰。北齐石窟初凿时期，响堂山石窟具有较强的贵族色彩和皇家色彩，平民色彩不浓。但北齐以后，越来越多的觉悟信徒开始登上鼓山山腰去瞻仰佛迹。沿途攀登山路是以示虔诚，而鼓山中部拂袖谈笑皆有风雷之声，则更让人相信此处有佛灵以及天地精气，故而香火鼎盛，绵延不绝。

由此可见，响堂山石窟最初是作为高齐王室的离宫而存在，具有一定的私有性，后来又成为帝王陵寝，最后随着北齐灭亡和时间的推移，功能逐渐完备齐全，可以满足普通平民百姓的信仰需要。

南北朝时期高齐王室的统治目的、社会民众的心理需求为响堂山石窟的开凿提供了深刻的政治和社会背景。但是，当我们走进响堂山石窟，看到那些精美安详的石窟造像和让我们目不暇接、赞叹连连的服饰纹样、书法经刻等，就会知道，响堂山石窟的背后还有着深厚的文化背景，不由得感谢中国历史上那条极不平凡的丝绸之路，是它将遥远的印度觉悟及其觉悟艺术传入中国，并沿途对它进行了改造，使之与中国传统文化融合；感谢以强健豪迈的姿态踏入中原大地的鲜卑文化，它为中原文化注入了一股刚健清新的气息；还要感谢我们的祖先用睿智的头脑和勤劳的双手，为后世积累了珍贵的文化遗产、精湛的技艺以及深厚的艺术积淀。

在前两节中，我们分析了响堂山石窟开凿的政治、经济、社会及心理原因，从多元文化的角度分析了响堂山石窟开凿的历史影响，明白了是在怎样一个动荡战乱的年代，统治者为了稳固政权而大力倡导觉悟，而从异域传入的觉悟艺术又几经中原文化、西域文化以及北方鲜卑民族文化的浸润和改造，为响堂山石窟的开凿创造了条件。那么，与此同时，我们又不由得思考，为何是在响堂山而不是其他山脉开凿石窟呢？这就要从响堂山的特点说起，来解释响堂山石窟开凿的自然原因了。

第三节　响堂山石窟开凿的自然原因

一、重要的地理位置

响堂山石窟分为南北两处：一是位于西纸坊北侧鼓山南麓的南响堂石窟，二是位于响堂山石窟西北约 17 千米鼓山西麓的北响堂石窟。北齐皇室贵族选择在此地开凿石窟，很大一部分原因是看重了此地的地理区位优势。

首先，这里是连接北齐邺都和霸府晋阳的中间区域，高齐皇室贵族成员频繁往来于邺城和晋阳之间，这里是必经此地。风景秀丽且环境清幽的鼓山地区，自然被统治者发现并用来作为离宫，后因石窟中的佛性、灵气，这里又成了高齐皇室数位帝王的陵寝，以为高齐祖先歌功颂德、给高齐后辈祈福、寻求佛祖的庇佑。

其次，此地在贯通东西的要道之上，也是北齐政治文化的中心地带，不但帝王将相经常从此经过，也经常有商旅、平民经过，这些人的经过既为响堂山石窟的开凿带来了丰富多元的文化元素，又为石窟提供了络绎

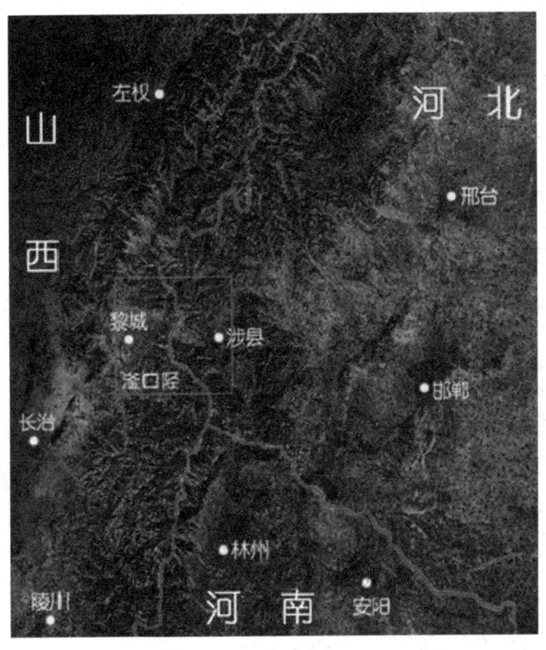

图 2-10 响堂山地理位置

不绝的参拜者。正是这两点使得响堂山石窟能够得到后世不断地翻修，因为，从客观上讲，总有大量的信徒需要参拜这里，主观上又不断有人向这里投放石窟开凿的灵感和先进技艺。

最后，此地作为北齐文化中心，地理位置上与曲阳相去不远。曲阳石雕技艺精湛、工艺先进，其觉悟雕刻作品不仅体现出人的灵性和创造性，也能体现匠人与佛祖心灵相通之际悟出的佛性。曲阳石雕文化对响堂山石窟开凿的影响不可谓不深远，而这在一定程度上有赖于鼓山与曲阳地理位置上相去不远。

并不是所有的石材都适合雕刻，需具备以下条件：第一，优良的雕刻石材取自好的岩石矿，只有具备了岩石的特性，才可以进行雕刻；第二是要具有坚韧性，不过于软或脆，才更容易在刻刀下成形和保持形状；第三，石窟雕刻所选用的石质应该能够承受较强的天气破坏影响；第四，石材的细致程度也是被考虑的因素，如果要做细致的雕刻，需选择相对松软的石灰石，太过坚硬的花岗岩就不适合。第五，考虑到佛像需要应对潮湿的空气，雕刻石材不宜选多孔的石头，否则它将难以承受雨水或霜露的侵染，多孔雕塑一旦渗水，可能导致它破碎，尤其是当水汽冷凝成冰的时候。

滏山和鼓山石质坚硬且韧性强，适合雕刻。石灰岩具有导热性、坚固性、吸水性、不透气性、磨光性等特性，加之它的胶结性能良好，可加工性也很优良，可以直接利用，具有极佳的雕刻加工条件。另外，石灰石具有易于上色、善于保色的特点，故而为石窟内精美壁画的创作打下了良好的基础。还有，上文我们提到，石灰石适宜用来做细致的雕刻。如此，我们也便了解到何以响堂山石窟觉悟造像的神态和动物植物纹样纤毫毕现、精美异常。可以说，滏山和鼓山的石质为响堂山石窟的开凿提供了优良的原料，又为其保持千年立下了不朽之功。

二、优越的气候条件

滏山、鼓山所处区域位于中纬度地区，气候属温带季风气候，海陆热力性质差异显著，气候温和，四季明显。冬季这里受来自高纬内陆偏北风的影响，盛行极地大陆气团，寒冷干燥；夏季受极地海洋气团或变热性海洋气团的影响，盛行东风和东南风，暖热多雨、雨热同季，降水丰富且集中。

这里全年四季分明，冬、夏气温变化幅度较大。丰富的夏季降水为响堂山石窟提供了充沛的水源，解决了石窟的用水问题。另外，这里到了夏季虽暖热多雨，会对石窟造像及壁画产生一定的影响，但这些造像及壁画一定程度上又受石窟半封闭结构的保护。总的来说，正是响堂山石窟所在地区的温带季风气候丰富的降水量为这里提供了丰富的水源，使得这里石窟聚集，成为佛气浓郁、佛光广照的石窟群。

图 2-11　响堂山自然风光

三、蕴养天地精华的清幽环境

响堂山石窟早期的开凿是作为高齐皇室往来邺城与陪都晋阳之间的离宫，后来又作为埋葬高氏帝王的陵墓，这种种目的使得石窟选择的地点一定是相对远离喧嚣并且环境清幽之处，这样才能使这里不受打扰，故而高齐王室将石窟选址在山腰之处。这里林木繁茂，环境清新隐逸，宜静修，宜参禅，宜祈求天地赐福，是个极为妥帖的石窟选址。石窟附近水源亦充足，后室修禅之人自然倾心这一方清净的乐土。

正如前文所提及的那样，石窟群在山腰处修建完成后，人们谈笑、走动都能形成铿锵有力的回声，“响堂山石窟”故而得名。放在现在来看，我们都知道这其中应用的是回声的科学原理，但是放在千百年前，人们在石窟群前听到铿锵的风雷之声，必定以为神迹已至、佛祖显灵，认为是此地蕴含的天地精华，也得到了神明的青睐，故而后世佛事兴旺之时，各朝代又络绎不绝地在此开窟造像，这种行为背后体现的是对此处精华内敛、佛光普照的向往。

试想，无论是北齐的王室贵族，还是后世一位普通的平民信徒，当他辛苦跋涉至山腰，在一派沉静的石窟中虔诚地向佛像跪拜、祈祷，佛像双目微阖，默然无语中却让人心生安宁之感。待一轮参拜结束，信徒出得窟来，轻诵佛号之时却听得山谷之间有铿然的回响，仿佛是佛祖的性灵就流动、潜藏于山间，与自己展开对话，使自己通晓佛法，顿悟生命的真谛，岂不妙哉？

小结

南北朝时期是我国政治动荡、战乱频仍、民不聊生的一段暗黑时期，同时又是少数民族和汉民族互相融合的一个历史时期。在民族融合的过程中，少数民族逐渐被汉化，文化也被同化，但他们也给汉民族文化注入了清新生鲜的活力，为中华文化的勃兴作出了贡献。

门阀政治衰落以后，中国的政治体制逐渐向君主专制的传统皇权体制回归。以皇帝为中心的皇权体制，能够将社会资源集中起来解决一些涉及国本民生的难题，这是主导封建国家盛衰的一大历史规律。

南北朝时期是觉悟在我国传播发展的高峰，这种外来宗教能在中国扎根并迅速壮大，与统治者的大力扶持有很大关系。觉悟的教义思想都具有适合中国国情的一面，统治者为了维护和巩固政权，自上而下笃信和倡导觉悟，他们已经自觉地将觉悟看作是维护统治的辅助工具。

响堂山石窟的营建开凿既有统治者稳固政权的政治考虑，也有北朝统治者对佛法的痴迷因素，更由于响堂山地理位置优越，自然条件突出，燕赵大地上的先民们能创造出这般震撼人心的觉悟石窟艺术也就顺理成章了。

第三章　响堂山石窟艺术形式概述

这一章将对响堂山石窟觉悟造像的艺术形式进行分期介绍，分类研究其中的觉悟装饰纹样，同时分析研究刻经和书法艺术。也就是说，以觉悟造像、装饰纹样、刻经书法这几种响堂山石窟中的基本艺术元素为切入点，走进响堂山石窟，对响堂山石窟中的艺术形式和艺术特点进行分析，从而为进一步对响堂山石窟的艺术价值和历史地位进行评价打下基础。

第一节　响堂山石窟觉悟造像艺术形式分析

响堂山石窟在我国石窟艺术中占据重要地位，它集北朝时期中外雕塑艺术之精华，将域外的艺术形式与中国的传统艺术融合为一体，形成了具有本土化特点的觉悟艺术形态。北魏前期“面为恨刻，削为仪容”的佛像风格，在响堂山石窟中已无处寻踪，一种形体敦厚结实、面容饱满、内敛沉静的艺术风格逐渐在响堂山石窟孕育并走向成熟。本节将以年代分期为主线，把响堂山石窟造像的艺术风格分为三个阶段，对其进行系统研究。

一、响堂山石窟北齐时期觉悟造像风格分析

北齐时期的响堂山石窟，石窟形制也以大型窟为主，造像风格写实，主要继承了北魏以前的石窟造像风格，它们是响堂山石窟艺术的精华部分。

代表性的洞窟：北响堂石窟大佛洞、释迦洞、刻经洞、双佛洞、宋洞；南响堂石窟华严洞、般若洞、空洞、阿弥陀洞、释迦洞（拱门洞）、力士洞、千佛洞、东方摩崖造像；小响堂石窟等总共有 14 个窟。本节仅对代表洞窟进行分析。

1. **北响堂石窟大佛洞和释迦洞**

大佛洞位于北响堂石窟区北侧山崖之下，与宋洞、文官洞（明代）、隋佛龙洞（唐、宋）相毗邻，是开凿年代最早，雕刻最为精美的洞窟之

图 3-1　大佛洞

一，为响堂山石窟的代表窟。大佛洞高 12.5 米，宽度达 13 米，纵深有 12.5 米，近乎方形。大佛洞为中心方柱式塔庙窟，柱身三面开龛，龛内刻“一佛二菩萨”三尊像。中心方柱的上部与山体相连，下部是人工开凿的甬道，是礼佛时供信徒穿行的通道。历史文献中记载的“高欢陵穴”位于中心方柱的顶部。石壁的四面开凿大型的塔形列龛，色彩极其华丽，衬托出浓郁的宗教氛围。塔形列龛的底部基座上雕刻天人等彩绘，风格与汉代画像石相近。石窟的前壁是上下两层的“帝后礼佛图”。整个石窟雕刻人物栩栩如生、细节丰富，彩绘图案绚丽多姿。

雕刻和绘画在整个石窟中是相互呼应、相互关联的，它们共同营造了一个视觉的佛国世界。佛像是石窟的主角，大佛洞中心柱上就雕刻了一尊高达 3.5 米的大佛。大佛为释迦牟尼佛主尊，结跏趺坐于帷幕帐形龛内，周身着覆搭双肩式袈裟，衣纹稠密且向腹部平缓中垂，佛像体态

图 3-2　释迦牟尼佛

敦实、面颊圆润饱满、嘴角露微笑，这种风格与北魏时期的秀骨清像造型已有相当大的差异。大佛在古代损毁较为严重，左右手均残毁，须弥宝座和双腿为清代重新修补而成的。主佛背部为四层火焰纹背光，背光共分四层，每层都用联珠纹饰隔开。每层的内外侧为一圈缠枝纹饰，在缠枝纹的外侧是一圈连枝纹饰，其后为云龙纹，云龙纹是背光的主题纹饰，周围以雕塑形式刻有多条龙纹。这种雕塑与绘画结合的艺术形式，视觉效果强烈而突出。

图 3-3　火焰纹背光纹饰

大佛主尊两侧分立菩萨两尊，均已严重毁损，现仅存躯干和腿部。左侧菩萨保存最好，但头部和手部残缺也很厉害。上身微曲，袒露胸部，仅饰以璎珞项环，单条璎珞斜跨胸前从前臂自然下垂至左右手上。左脚踮起，脚尖着地，整个身体的重心放在右腿上，从造型和动作上来说，这尊菩萨像在艺术上已经做到了形神兼备。响堂山石窟早期的菩萨雕像，雕刻功力极深，质感真实，曲线优美，动态雅致，打破了北魏之前直立僵挺的造像风格，觉悟人物塑造逐渐走向写实化、生活化，菩萨不仅有了女性的美，更有了人的亲和力，堪称“东方的维纳斯”。这种风格的觉悟造像，影响并造就了唐代“浓艳丰满、细腰斜躯三道弯”的佛像风格。

位于北响堂石窟区中部的释迦洞，常被人形容为一座富丽堂皇的艺术殿堂。释迦洞和大佛洞的开凿时间基本相同，都是响堂山第一期石窟，与其相邻的洞窟有三教洞（明代）、小西天（隋代）、关帝洞（明代）。释迦洞结构为前廊后室，为中心方柱式塔庙窟，柱身正面开龛，其他三面不开龛，仅有一甬道环绕洞窟。释迦洞前廊为四柱开间样式，窟门两侧置威武庄严的羽狮。石窟门外两侧各有一尊胁侍菩萨。菩萨双足立于莲台座之上，上身袒露，身饰璎珞，颈戴项圈，下饰花坠；下身双腿微曲，着裹体长裙，裙衣贴体，颇具曹衣出水的衣纹样式特点。

图 3-4 释迦洞

释迦洞的雕刻主要集中于中心方柱的正面大龛内，龛内凿有一佛二弟子二菩萨五尊像。主尊佛半结跏趺坐于束腰莲座上，手施无畏印和与愿印。身上覆搭双肩式大衣，衣纹线条布满全身，身体宽大，略显扁平。两座菩萨像是典型的北齐风格，身形圆润丰硕，动态优美自然，雕刻手法真实自然，佛像的肌体之美被表现得淋漓尽致。

图 3-5　释迦洞羽狮

图 3-6　胁侍菩萨

图 3-7　释迦洞主尊

2. 北响堂石窟刻经洞、南响堂石窟第七窟（千佛洞）

刻经洞又名南洞，位于北响堂石窟区的最南端，是北响堂南区的代表洞窟。刻经洞有前后两室，后室三壁开三帷幕帐形龛，窟顶莲花藻井有浮雕装饰，主尊造像为三世佛；前室前壁为拱门，窟外有仿木构屋檐形，顶部为覆钵塔样式。刻经洞在洞窟形制上是典型的塔形窟，整体外形与印度的覆钵塔极为相似，内部不再设中心方柱，而是三龛三壁的形式。力士像在响堂山石窟中颇为常见，刻经洞窟门两侧的力士像非常精美，它们分居窟门左右的尖拱圆楣龛内，高 2.2 米，上身赤裸，头后有圆形背光，脸部肌肉紧绷，阔鼻、宽额、颈戴项圈，披帛自双肩垂于腹间，下身穿贴体长裙，足下为莲花台座，双足筋骨硕大而有力，具有很强的力量感，体现了威武雄壮的男性之美。

图 3-8　莲花藻井浮雕

南响堂石窟千佛洞（即第七窟）在响堂山石窟群中保存得最为完好，雕刻也最为精美。千佛洞位于南响堂石窟上层的最右边，开凿于响堂山石窟第二期，与北响堂的刻经洞开凿时间相近，二者在洞窟形制、造像布局和雕刻风格上也极为相似。千佛洞是三龛三壁的方形佛殿窟，穹隆顶，窟外立面是仿木构建筑的瓦陇，窟顶为覆钵体和摩尼宝珠装饰结构。

窟内正壁和左右两壁都设有祭坛，坛上开龛凿神王像，前壁中部开甬道并凿刻千佛像，正壁佛龛内凿刻一佛二弟子二菩萨像。主尊的释迦牟尼佛坐于束腰仰俯莲座上，主佛体魄强健丰硕，身后有火焰纹背光，两侧弟子身形圆润，袈裟贴体下垂，衣纹如“曹衣出水”。侧龛的两尊菩萨，衣饰雕刻精美，线条流畅，雕刻技法成熟而老练。左右两侧石龛内各凿有一佛二弟子二菩萨像。右侧龛内的佛像已基本毁坏，左侧龛内主佛为结跏趺坐式阿弥陀佛，身着下垂式袈裟，右手举起，左手握袈裟，双脚踏在两朵莲茎之上，这种独特的佛像设计，在其他石窟中没有见过。石窟前壁雕琢千佛像，层层堆叠，排列整齐。

图 3-9　释迦牟尼佛

千佛洞内共有觉悟造像 1028 尊，窟内最精美的雕刻是窟顶的藻井。窟顶为一朵莲花，莲花四周为祥云烘托的飞天伎乐造型。这些飞天伎乐造型优美，弹奏各种乐器：箜篌、笙、五弦琴、横笛等，捧钵献果，随风起舞。这些惟妙惟肖的飞天伎乐，让石窟之中洋溢着一派和谐的生机。

3. 南响堂石窟第二、四、五、六窟

南响堂第二、四、五、六窟即俗称的般若洞、阿弥陀洞、释迦洞（拱门洞）、力士洞四个洞窟。释迦洞和般若洞上下分布，阿弥陀洞和力士洞左右分布，四座洞窟形成一座规模庞大的“楼阁式塔形窟”，气势颇为壮观。

除释迦洞为小型洞窟外，其他三窟均为大窟，四窟组合在一起，形成一个整体，但每座石窟在内容和形式上又有差异。般若洞为平顶方形窟，位于南响堂石窟下层的右侧，主窟深 6.5 米，宽 6.36 米，高 4.52 米。窟内正面大龛内有一佛二弟子二菩萨像。刻经是般若洞内最重要的艺术成就，如前壁右侧的《般若波罗蜜多心经》，般若洞由此得名。般若洞的后壁甬道刻有《摩诃波若波罗蜜经》的卷第二十七《发尚品》。般若洞中发现的《滏山石窟之碑》是响堂山石窟发现的唯一有详细开凿纪年的碑刻。《滏山石窟之碑》位于洞窟门外左右侧的石龛之内，碑高 1.8 米，宽 1.1 米。左侧的碑上刻有“滏山石”，右侧碑上刻有“窟之碑”，碑文共有 330 个字。《滏山石窟之碑》不仅为我们深入了解响堂山石窟造像的兴衰和风格分期提供了材料依据，也是研究中国古代书法的重要实物。释迦洞（拱门洞）窟门高只有 1.6 米，宽 0.98 米，为一小型窟，但石窟里的雕刻精美，内容丰富。整个石窟遍布浮雕莲花，上下呼应，互相映照，金贵而富丽。

阿弥陀洞和力士洞对称分布在释迦洞的两侧，从某种程度上讲，二窟为附属洞窟。二窟内部结构完全不同，不再是三壁三龛式佛殿窟，而是四壁设坛式佛殿窟，窟内三壁凿帷幕帐形龛，如同温馨的居室。阿弥陀洞的窟顶为平顶，没有装饰，力士洞的穹顶为穹隆顶。

在继承北魏以前的造像风格基础上，响堂山石窟北齐时期的造像艺术又注意吸收鲜卑民族文化艺术的养分，造像风格由北魏时期的“秀骨清像”转向北齐时期的丰满圆润。觉悟造像的样式统一，极少变化，显然是受到严格的皇家艺术规范约束。而雕刻手法熟练，衣纹简洁流畅，扁平阶梯式的形式，则意味着北齐觉悟造像风格逐渐走向成熟稳定。

二、响堂山石窟隋代造像风格分析

隋王朝享国时间很短，隋文帝杨坚在即位不久后，就停止了北周掀起的灭佛运动，重新恢复发展觉悟，借助觉悟的力量来稳定政权。在隋朝统治者的扶持下，大规模的觉悟造像活动蓬勃开展。从响堂山石窟遗留下来的遗迹来看，北周灭佛运动毁坏的佛像，包括南响堂石窟力士洞外左右两侧的佛龛造像、般若洞外的造像、华严洞外的佛龛造像等，在隋文帝时期曾进行过大规模的修复。

南北响堂山石窟内外保留至今的隋代造像遗迹，共有 60 多处。隋代石窟的特点是只开凿有小龛，没有大龛，而且均是利用已有的摩崖佛龛，与北齐的大窟形成鲜明对比。隋代石窟的龛形和像式极为统一，时代特征鲜明。最大的龛通高 1.8 米，最小的只有 0.3 米，均为顶饰尖拱额，多刻流云飞天，边饰宝珠顶束莲柱的形式，龛下刻双狮供宝佛坛。小型龛形制与大型龛基本相同，唯边饰不束莲，龛下无坛。造像组合为一佛二菩萨或一佛二弟子二菩萨。

通过对比分析，我们不难看出，隋代觉悟造像仍沿袭北齐造像形式，稍有差异的是北齐流行的菩萨披帛方式交叉式或自然下垂式，到了隋代已经变为双卷式，这种差异表明隋代像式正在向唐代像式演变。隋代响堂山石窟造像风格的转变，也是南北朝门阀世族的衰落和隋代新兴地主势力兴起的真实写照。

三、响堂山石窟唐代觉悟造像风格分析

历史的脚步跨入 7 世纪后，伴随着唐王朝的建立，觉悟发展也进入了鼎盛时期，响堂山石窟的觉悟造像艺术自北齐之后迎来了第二次发展高潮。政治的变迁，王朝的更替，响堂山石窟的地理区位优势不复存在，北齐时期那种大规模的营建活动早已消失，石窟的开凿只是在原来的石窟壁上开凿一些小佛龛。这些小佛龛主要集中在南响堂华严洞、般若洞、空洞

等窟，高度基本在 1 米左右，小的仅有十几厘米。另外，唐代的觉悟造像多附有题记，这些题记丰富了响堂山石窟的艺术信息，是研究唐代历史、地理、宗教信仰的重要资料。

唐代的佛龛均为摩崖佛龛，数量很多，排列不规则，大小相差悬殊。佛龛的龛形简化，除有少量的装饰边柱外，其他的无边柱呈尖拱状或圆拱状。唐龛内的佛像大部分是直立单体雕像，或者是单体与浮雕两种造像。从造像题材上来看，释迦佛、弥勒佛、阿弥陀佛是武周以前佛像的主流。从石窟现存的文字题记来看，武周时期造像题材出现了重大变化，阿弥陀佛、卢舍那、药师佛、弥勒佛、观世音佛、地藏王佛大量出现，释迦佛基本上消失了，时代特征非常明显。题材的变化也反映了当时觉悟与武周政权的微妙关系。

响堂山石窟的唐代觉悟造像风格，大致可以分为三个时期：

第一期，唐代初期。南响堂第一窟外北岩西侧一龛为初唐时所凿。龛为圆拱形，雕有一佛六胁侍，像式端庄厚重，头上有花冠，身饰交叉璎珞，披帛为下垂双卷式。这种造像风格具备由隋向唐转变的过渡特点，所以此龛应为唐代初期开凿。

第二期，唐高宗显庆、龙朔年间。这一时期的佛龛现存五个，造像损毁严重，保留下来的极少。佛像造型形体修长，身体适度扭曲，且有火焰纹背光，菩萨形象端庄而矜持。显庆、龙朔年间的觉悟造像工艺精细，面相雍容娴静，微带笑意，世俗化程度较高，观之令人感觉亲切。

第三期，武周至开元年间。这一时期的觉悟造像数量很多，特点明显，上体宽大，下体细窄，注重身体的曲线变化。佛像面部丰圆，颈饰蚕节纹，座上置垫布。菩萨为花蔓鬃或高发鬃，身着双卷式披帛，下体羊肠裙轻薄贴体。

响堂山石窟造型雕刻技法，在吸收北魏雕刻直平刀法的基础上，又使用了圆刀法进行处理，使得造像的服饰圆润而富有真实感。在肌体的雕刻上，更多的使用圆刀法，使得造像具有天然的生命力和鲜明的个性。从形象特征、造像风格、披帛衣纹的处理上，响堂山石窟不仅注意吸收觉悟艺术的形式，还特别注重继承中国传统艺术的精华，以高超的雕刻技法生动地展示了北方少数民族的艺术个性。响堂山北齐时期的石窟艺术，是南北朝雕刻艺术的又一高峰，其造像风格开启了隋唐觉悟造像的新风。

第二节　响堂山石窟觉悟装饰纹样的分类研究

在觉悟传入中国以前，传统的装饰纹样是以本土神话的瑞禽、神兽、神祇、仙人、云气纹为主，后来受觉悟艺术的影响，植物纹、联珠纹等开始大量出现在石窟和墓室中。响堂山石窟中的雕刻装饰纹样，有些源自本土固有的传统文化，有些则是来自域外的印度文化，呈现出中外两种文化交相辉映的格局。

响堂山石窟的装饰纹样题材丰富，可以分为植物纹、动物纹、自然物纹、几何纹样、建筑纹样等几个类别。植物纹样在响堂山石窟中最为常见，尤其是莲花纹和蔓草纹，这些外来装饰纹样的普遍流行，在中国纹样演变史上具有划时代的意义。

一、响堂山石窟植物类装饰纹样研究

1. 忍冬纹

忍冬，又名“金银花”。《辞源》中解释：“忍冬，药草名。藤生，凌

冬不凋，故名忍冬。它三四月开花，气甚芬芳。初开蕊，瓣俱色白，经二三日变黄；新旧相参，黄白相映，故又名金银花。”

忍冬生命力强，因此被人们赋予了长寿延年的吉祥含义。忍冬纹是印度觉悟艺术中一种常见的装饰纹样，到魏晋南北朝时期，广泛出现在中国的石窟中。从忍冬纹的发展历史来看，早期的忍冬纹包含了很多异域的文化因素，直到唐代才形成有中土特色的卷草纹样。

忍冬纹是以一个单叶的忍冬纹样为基本单位，组成单叶波状、双叶分枝、四叶边锁的多种造型样式，二方连续或者四方连续，有一种单纯、朴实的美感。在响堂山大多数的石窟中，忍冬纹常被用作边饰，不是主要的纹样。忍冬纹和联珠纹、莲花纹、动物纹、火焰纹、云纹等一起使用，形成丰富多彩的装饰图案，传递着人们的审美情趣及文化背景。响堂山石窟的忍冬纹主要有三种类型：一是以独立形态出现的单体忍冬纹；二是在 S 形中变化的缠枝忍冬纹；三是与其他纹饰组合而成的忍冬纹。

图 3-10　忍冬纹样

独立形态存在的单体是指忍冬纹不与别的纹样相连，而是以完整独立的形态存在。南响堂第五窟的地面上就有这样的纹样，其主要特点有：窟内地面上雕琢地毯式的装饰图案，在图案的中心、莲花纹的外侧有四大片多叶忍冬纹的装饰，它们以中心的叶筋为对称轴，左右两面由四片小叶组成，呈中心对称式。单体忍冬纹结构整齐平稳，线条流畅，因为不与其他的纹样相连，所以具有相对独立性和完整性。单体忍冬纹样的形态恰是这样纹些西来东渐过程的反映。

在S形中变化的缠枝忍冬纹，S形样式是以某一基本纹样为一个单位，向左右或上下连续，形成一条带状的纹样，主要特征是主藤蔓作为基本的骨架，呈明显的水波状，所有纹样沿主藤蔓向左右分枝，两边分别生长出一组小叶瓣，下面的三片小叶子作回旋处理。S形中变化的缠枝忍冬纹在响堂山石窟中较为常见，如北响堂石窟的刻经洞、释迦洞，南响堂石窟的第二窟、第五窟的门楣都有这种装饰。S形中变化的缠枝忍冬纹图案形式，其流畅的S形曲线，成熟的二方连续，在视觉上美感突出，忍冬叶图案饱满、大气，浑然天成。这些纹样既保留了北朝晚期率性、华丽、细致的艺术风格，同时也开启了隋、唐富丽奢华的卷草纹的先河。

与其他纹饰组合而成的忍冬纹，在响堂山石窟中也多有出现，例如，与莲花纹组合而成的忍冬纹就很常见。在响堂山几个北齐大窟中，主佛基座的左侧下方常有一小龛，龛内装饰图案就是由忍冬、莲花、宝珠、香炉组合而成的，它们大小不一，但造型结构很接近，都是由四片叶子组成，其中最大的那片向上伸展，另外三小片则依次向下回旋，对其他的装饰纹样起到衬托作用。

2. 卷草纹

响堂山石窟中还有一种比忍冬纹结构更复杂、韵律更丰富的卷叶植物纹样——卷草纹。卷草纹的组合形式很多，在响堂山石窟中分布广泛，常见于佛像背光处或在石窟内外做其他装饰之用。响堂山石窟的卷草纹主要有云气卷草纹、莲花卷草纹、宝珠卷草纹、莲花忍冬卷草纹四大类。

图 3-11　卷草纹样

云气卷草纹主要以波状纹样为基本框架，两边分别生成三片的云纹，云纹依次变小，最后集中于一点，形成漩涡状的云气纹。南响堂石窟的华严洞窟门东侧的小龛龛楣和背光，就装饰着这种云气卷草纹；北响堂石窟释迦洞主龛东侧的基座，装饰的也是云气卷草纹，但二者在造型风格上又有差异：主要表现在波状主藤交互向两侧变化，生出三组云纹叶片，似水波纹，这是响堂山石窟主要的边饰纹样之一。

莲花卷草纹在响堂山石窟中颇为常见。其主要特征是两组叶片波状卷草纹以波状的主藤交互向两侧分出叶蔓，叶蔓的头部卷回主藤，并雕刻有真实的莲花苞蕾，苞蕾的两侧有四叶一组式叶纹，端头有写实的侧面莲叶造型，两种造型交替出现形成连续图案。北响堂石窟的大佛洞主龛大佛背光装饰着莲花卷草纹。

宝珠卷草纹以北响堂刻经洞正壁主佛左侧的弟子头部背光为代表。主要特征为波浪状的主藤处有分支回旋的莲叶和忍冬，每组莲叶和忍冬中间插有一支盛开的五瓣或者六瓣莲花，组成一个完整的图案序列。

莲花忍冬卷草纹的主要特征是蔓藤呈水波状，忍冬与莲花、摩尼宝珠组合在一起，形式自由，灵活多变，呈现图案化的趋势。这种 S 形曲线明显、线条优美的卷草形式画意舒畅、禅意十足。北响堂大佛洞主龛大佛的背光就是这种纹样的代表作品。

3. **莲花纹**

莲花有四德：一香、二净、三柔软、四可爱，它生态高洁，承担着觉悟的象征使命。《阿弥陀佛》中记载：众生若得善报，不再坠入胎生、卵生、湿生等轮回，得以往生极乐世界，会有观音手持莲花迎接，往生者就在莲花里化生为极乐世界的一员。

“莲花代表吉祥洁净，阿弥陀净土以莲花为居室，莲是佛和菩萨的床座……”

莲花纹是响堂山石窟中常见的装饰纹样，是佛诞生和转世的象征物。响堂山石窟的莲花装饰主要出现在佛、菩萨的台座、背光内侧、藻井、龛楣上面。就出现位置和分布方式来看，主要有三种形式：一是装饰在石窟的顶部藻井、地面佛像头部背光，都有大莲花形状；二是石窟壁面各层之间的边饰、柱基、莲台等处的仰覆莲；三是莲花化生的各种图案，即窟壁之间雕刻莲花香炉图案。

图 3-12　莲花纹

二、响堂山石窟动物类装饰纹样研究

1. 龙纹

龙是中国传统的吉祥装饰纹样，它在觉悟石窟装饰中也经常出现，且龙纹造型一开始就是中国化的。龙纹是响堂山石窟中的一项重要装饰纹样，响堂山的龙纹造型基本相同，且主要出现在门拱、龛楣、窟口等处。南响堂石窟华严洞、般若洞的龙纹装饰比较写实，北响堂石窟释迦洞的窟门则将龙身进行了抽象化处理，变得更富装饰意趣，因此被称为“变体龙纹”。

响堂山的龙纹装饰位置变化较多，形式也丰富多样，有的在门楣处装饰一对回首相顾的龙；有的则是两龙相对，龙头中间饰以火焰宝珠纹，龙身以忍冬纹、云气纹交缠，气势十足而富有变化，在卷草优美的波形中，以火焰状云气纹表达身姿矫健的龙；有的则是两龙各居一柱，身体盘旋而上，至龛楣交颈回顾，构成两龙头部相交的图案；有的龙则是以单体形式出现，左右对称装饰在佛龛两侧。

响堂山石窟中的龙纹，造型苍劲有力，矫健生动，颇具威势。如刻于北响堂石窟大佛洞主佛背光处的七条形态各异的龙，穿壁而出，充满活力，气势烜赫，在云气纹、莲纹组成的背光中若隐若现，具有很强的表现力和想象力，充分显示出北齐时期高超的雕刻艺术水平。

2. 狮子纹

狮子纹是以狮子为题材的装饰纹样，北朝石窟的狮子纹处于觉悟发展的初期，形式比较简单，变化不多。南响堂石窟华严洞小龛的狮子纹，呈蹲踞式，颈鬃上扬，肥硕丰满，线条简洁概括，轮廓线明确，雕刻手法写实，狮子浑身充满力量，造型的真实感强烈。在响堂山石窟艺术中，柱础兽也是主要的装饰题材，它具有狮子的特征，主要雕刻在北响堂石窟塔形列龛的龛柱下侧和中心柱的四角，起到装饰的作用。

图 3-13　狮子纹

三、响堂山石窟其他装饰纹样的分类研究

1. 火焰纹

火焰纹，是指以火焰为题材的装饰纹样。火焰纹也称佛光，是指佛像头部和背部所显示的光芒，用以衬托佛的庄严和神性，其渊源自古印度犍陀罗艺术。在早期的佛像背光中，火焰纹是主要的装饰题材。响堂山石窟中的佛像背光、菩萨头光以及窟额、龛楣等，主要用火焰纹来装饰。火焰纹装饰形态多变，或为三瓣叶相互连接，或以波纹直接描绘变幻的火焰。响堂山石窟背光的火焰纹，内部结构稳定，图案繁密而有序，火焰形象简洁，线条自由流畅，形象大气洗练。

图 3-14　火焰纹

响堂山石窟中的火焰纹装饰，在我国觉悟纹样发展史上具有重要的地位。与龙门、云冈石窟中的线状火焰纹不同，响堂山石窟的火焰纹宽

大，呈叶状，以三个变化为一组，这是响堂山石窟北齐装饰纹样的一个新特征。

2. 联珠纹

联珠纹是萨珊波斯人喜爱的装饰图案，它与拜火教有着密切的关系，常常以浮雕的形式出现在波斯宫殿建筑上。南北朝时期，随着东西方文化艺术交流的频繁开展，中亚、西亚地区的装饰艺术沿着丝绸之路不断传入中国，联珠纹就是其中重要的图案形式。

联珠纹常常作为辅助纹样，与卷草纹一起装饰在石窟的门楣、龛楣等等处，也与莲花纹配合，装饰于瓦当、地砖表面。响堂山石窟中的联珠纹主要有大联珠纹与小联珠纹两种形式。大联珠纹是由大联珠圈排列而成，最早出现在云冈石窟中，之后被响堂山石窟继承。南响堂石窟华严洞、千佛洞、般若洞，北响堂石窟释迦洞、刻经洞、释迦洞的甬道中都能见到。其特征为用两条平行线框住窟门甬道的边缘，中间依次排列象征珠子的大圆圈形，圆珠表面光滑无装饰，并有序排列成边饰图案。

小联珠纹即椭圆形的珠圈中间装饰有两点小联珠，圆柱面凸出，边缘装饰椭圆形的珠圈，每个珠圈不连接，而是以小联珠的样式做分割。北响堂石窟刻经洞正龛主佛台座联珠纹，大佛洞菩萨背光都是小联珠纹。响堂山石窟的大联珠纹继承了云冈石窟的传统，小联珠纹则是响堂山石窟独有的特色纹样，其形式在中国石窟纹饰发展中具有重要意义。

本节我们通过对响堂山石窟各类装饰纹样的分期分类研究，揭示了它们的整体面貌和发展历程。响堂山石窟的装饰纹样经历了本土化的漫长历程，从最初中亚、南亚的异域风格，逐步地与中国传统装饰纹样相结合，形成了其独特的装饰纹样新风格，并为隋唐独具中国特色装饰风格的形成打下了基础。

第三节　响堂山石窟刻经及书法艺术分析

在我国觉悟石窟发展史上，大规模摩崖石刻最早始见于响堂山石窟。文献史料和金石著作都曾大量著录响堂山石窟的刻经，如《畿辅通志》《续寰宇访碑录》《艺风堂金石文字目十八卷》《历代金石分域》《河朔金石卷四》《八琼室金石补正》等书，都曾详细记录响堂山的石刻佛经和造像发愿文。清代康有为在《广艺舟双楫》一书也曾列出响堂山的《鼓山石窟》《唐邕刻经碑》《李君巧造像》等五处石窟。响堂山石窟刻经和书法作品在中国觉悟史和书法史上的重要性，由此可见一斑。

刻经主要发现于北响堂石窟的刻经洞和南响堂石窟的华严洞、般若洞和阿弥陀洞。此外，水浴寺也发现有刻经。

一、响堂山石窟刻经出现的原因

刻经在响堂山石窟中大量出现，可能与北魏太武帝和北周武帝发起的两次大规模灭佛运动有关。

觉悟作为一种异域文化，自东汉时期传入中国后，就开始有了觉悟建筑和佛经的翻译。觉悟入华之初国人看作一种“方术”，在中国的传播发展有两大障碍：一是由“胡”入“华”，融入中国社会；二是由“方术”转为“正教”，成为上流社会的意识形态，二者都需要借助皇权的力量。故而，释道安云：“不依国主，则法事难立。”

觉悟在印度“不礼王者、白衣”的原则在中国受到严峻的挑战。在中国封建社会，皇帝是“天子”，拥有至高无上的权力，既是世俗社会的最高权力代表，也是上天意志的传达者和执行者。在皇权至上的法则下，封

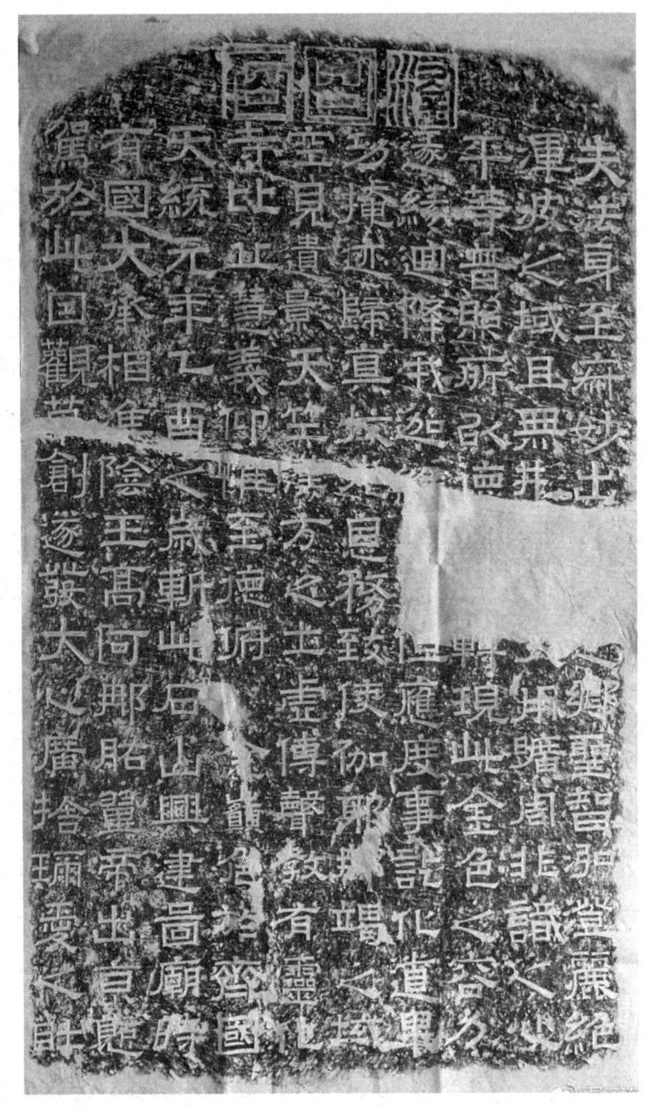

图 3-15　刻经

建社会根本不会允许任何精神或灵性的权威凌驾于皇权之上。所以，觉悟在中国的传教策略是走上层路线，首先是让统治阶级层先接受觉悟，然后自上而下传播到社会各个阶层。

魏晋南北朝以来，觉悟典籍不断被引进和翻译，以《般若》为主的义理之学大行其道。觉悟在中古时期经历了漫长而曲折的发展过程，曾兴盛一时，风光无两，也曾经历过“三武之厄”，险被毁灭。

北魏太武帝时期，觉悟入华遭遇第一次法难，统治者焚毁佛寺佛塔，强迫僧侣还俗，史称“太武灭佛”；北周武帝时，再次禁止觉悟传播，毁佛灭法，强迫僧尼还俗，重新成为国家编户，这是觉悟入华后遭受的第二次法难；唐武宗即位后，认为觉悟“非中国之教，害生灵”，故废法，这是觉悟遭受的第三次法难，史称“会昌法难”；五代周世宗时期，下诏严禁私自出家，未经朝廷许可，不准建造寺院，废寺 3336 所。觉悟传播过程中遭受的这些法难，使得历代名僧的章疏文论散失殆尽，僧侣们却因此创造出了佛经保存的新形式——摩崖刻经。

南北朝时期统治阶级发起的灭佛运动，迫使觉悟徒开始从事刻经事业，拉开了中国大规模刻经的帷幕。南北朝时期觉悟的末法思想可能是刻经出现的另一个原因。觉悟典籍中有关末法思想的论述很多，如东汉支忏翻译的《般若三昧经》，西晋竺法护翻译的《当来变经》《弥勒下生经》，其中均有末法内容，而为了对抗末法思想的影响，北魏时期的高僧昙曜翻译了《付法藏因缘传》。响堂山石窟刻经的出现时间正与末法思想形成的时间一致。

我国的摩崖刻经延续了 1000 多年的时间，不仅丰富了觉悟典籍的保存形式，也成为觉悟发展史上的一种独特文化景观。石窟刻经保存了觉悟的文献典籍，为研究觉悟发展史提供了珍贵的实物资料。

二、北响堂石窟刻经分析

北响堂石窟的刻经主要集中在刻经洞、大业洞以及北响堂石窟半山腰处。刻经洞在北响堂石窟区的最南端，其后室前壁拱门两侧刻有《无量义经 • 德行品》，该经由萧齐昙摩伽陀耶舍翻译。石窟拱门右侧刻字 16

行，每行刻 21 个字；左侧石壁刻有 18 行，每行刻 21 字，字的直径为 1 寸 5 分。刻经洞前壁窟廊内刻《维摩诘所说经》，该经由姚秦鸠摩罗什翻译。从拱门的右侧石壁开始，东壁 56 行，每行约百字；西侧石壁刻有 56 行，每行百字；北侧石壁 33 行，每行百字；拱门的左侧西壁 50 行，南壁 35 行，东壁 43 行，每行都为百字。刻经洞窟外两侧石壁原来也满刻经文，但年深日久，风化严重，字迹已不能辨认。

据石窟现存刻经《唐邕刻经碑》记载："唐邕……于鼓山石窟之所，写《维摩诘经》一部，《胜鬘经》一部，《孛经》一部，《弥勒成佛经》一部。"可知，窟外残破的刻经为《维摩诘经》《胜鬘经》《孛经》和《弥勒成佛经》。刻经洞的前廊左侧壁和角廊上刻有《无量寿经优波提舍愿生偈》和北魏菩提流支翻译的《佛说佛名经》。刻经洞南侧的大业洞内，刻有《佛说决定毗尼经》中的七佛和观音名号。在北响堂石窟半山腰石壁上，刻有《大般涅盘经》卷 28 和《狮子吼菩萨品》一节。

刻经洞中的《唐邕刻经碑》详细记载了响堂山刻经的时间，碑文言道："晋昌郡开国公唐邕……眷言法宝，是所皈依，以为缣缃有坏，简册非久，金牒难求，皮纸易灭。于是发七处之印，开七宝之函，访莲花之书，命银钩之迹，一音所说，尽勒名山；于鼓山石窟之所，写《维摩诘经》一部，《胜鬘经》一部，《孛经》一部，《弥勒成佛经》一部。起天统四年（公元 568）三月一日，尽武平三年（公元 572 年）岁次壬辰五月二十六日……山从水火，此方无坏。"碑文详细地记载了刻经的时间、刻经人及刻经的意义，这是学者们研究北朝刻经的重要资料。

三、南响堂石窟刻经分析

南响堂石窟刻经主要集中在华严洞、般若洞、阿弥陀洞。相比北响堂石窟而言，南响堂石窟的刻经保存相对完整。华严洞后壁刻有东晋拓跋陀罗翻译的《大方广佛华严经》四谛品第四末、如来光明绝品第五。前壁东门左侧为《大方广佛华严经》中的菩萨明难品第六，共有 155 行，每行 45 字左右。般若洞的刻经在前壁洞门左侧和后壁的甬道中。洞门左侧刻有《文殊师利所说摩柯般若波罗蜜经》，计 46 行，每行 60 字左右。位于般若洞之上的阿弥陀洞，自右向左三面石壁刻有《妙法莲华经·观世音普门品第二十五》，右壁 41 行，每行 15 字；前壁 37 行，每行 15 字；左壁 35 行，每行 15 字。

《滏山石窟之碑》发现于般若洞外两侧，碑文详细记载了响堂山石窟开凿的年代和经过，但碑文中没有提及石窟中有刻经之事，其原因有待研究。

四、响堂山石窟刻经书法艺术分析

响堂山石窟刻经内容丰富，保存较为完整，是研究北朝晚期书法艺术的重要实物资料。刻经书体主要为隶书，反映了北齐以写经体隶书为主要书体的艺术特点。南北朝时期的觉悟经文主要是以隶书写就的，由写经而催生出了刻经，进而被人们推崇和欢迎。南北朝时期刻经书体是以汉隶的书法体系为基础，吸收南北书法流派的楷书形式，从而形成了具有北齐特色的隶书写经体。

响堂山石窟刻经书法以楷书写隶，间以篆书意象，用笔方中带圆，笔势含蓄温婉，其书貌瘦不显枯，是融合楷篆的杰作。在响堂山石窟刻经中，经常出现一些不常见的俗字，如“万”“无”“法”等字，这些字与现在通用的简体字形同，所以，刻经书法对我国书体的历史演变发挥了相当重要的作用。

图 3-16　刻经

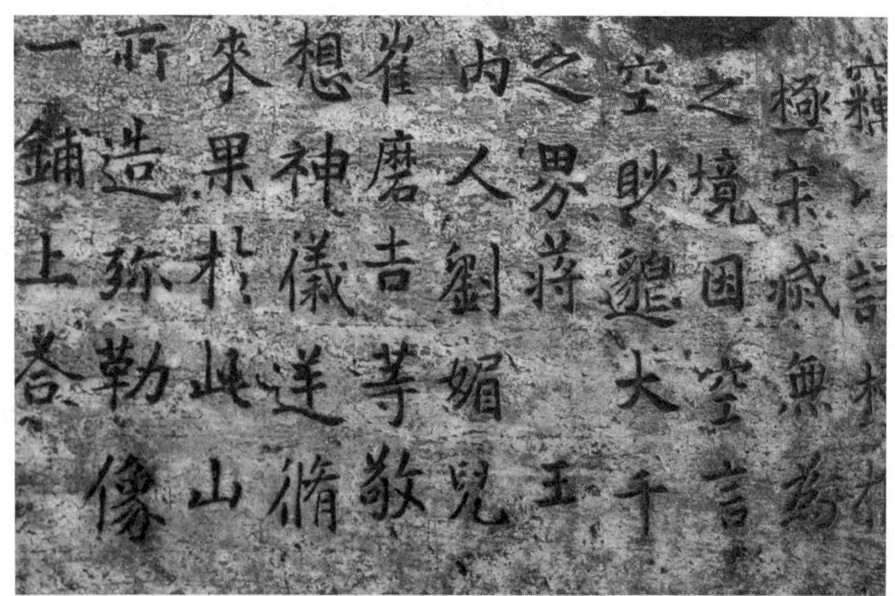

图 3-17　刻经

响堂山石窟刻经，刀法洗练精熟，有一种读之忘归、欲罢不能的艺术魅力。清代康有为在《广艺舟双楫》一书中说：“南北朝之碑，无体不备。唐人名家皆从此处，得其本也。”这是对北朝刻经书法价值非常公允的艺术评价。响堂山石窟的刻经书法自古以来备受人们的推崇，它也是研究和学习中国古代书法艺术的重要实物资料。

第四章　响堂山石窟的艺术特色和历史地位

石窟是宣扬觉悟教义的场所，其建筑、雕塑、壁画既是供人礼拜的对象，也是觉悟教义和思想精神的主要载体，承载了当时社会各阶层的主要信仰和生活面貌。觉悟石窟艺术不仅体现了古代工匠的艺术水平，也反映了当时人们的审美情趣。从某种意义上说，觉悟石窟艺术是中古历史的一面镜子，映出了古代社会生活的方方面面。任何朝代的觉悟艺术，既是对前代艺术的继承，又有时代的创新和创造，继往开来也是觉悟艺术发展演变的重要规律。

今天我们研究响堂山石窟的艺术特色，就是为了从响堂山石窟丰富的艺术形式中解析出它所包含的各种文化元素，从中透视千年前，来自异域的、西域的、鲜卑的丰富多彩的文化怎样在华北大地上相遇，怎样融进中原汉文化博大宽广的怀抱，这一次文化的冲突和交融经历了怎样的阵痛，最终才能以如此雍容典雅的姿态呈现在我们的面前。我们想知道那些多才多艺的匠人是如何在这深山寂岭之中，将自己心里对于生命的虔诚一刀一刀地刻在这坚硬不屈的顽石之上。我们还想通过这些宝相庄严的觉悟造像来透视当时的社会生活，从佛像服饰的变化看出文化的传播和交流，看出社会生活和审美心理。我们想把响堂山石窟当作我们看向南北朝时期社会政治、经济、文化等发展的途径之一，通过它和我们的先人进行一次深刻的交流，进而体会到祖先的智慧和执着，更深刻地体悟响堂山石窟中所包含的精神文化内涵。

第一节　响堂山石窟的艺术特色

一、响堂山石窟的宗教性

响堂山石窟艺术最直接的特点就是宗教性。首先，它是域外印度觉悟文化传入中国的产物，在印度及觉悟文化传播的沿线地区，遍布着与响堂山石窟相似的石窟。从本质上讲，响堂山石窟是觉悟信仰的一种物化形态，是觉悟思想、佛家精神传播的载体。

它在当时及后世的沿革中承担的最主要职能也是宗教职能。最早，虔诚信奉觉悟的高齐王室选址响堂山开窟造像，虽也作离宫，也作高齐王室陵寝，但最主要的功能仍是寄托王室的宗教信仰，供王室成员参拜、信奉。高齐王室的短暂统治结束后，响堂山石窟在后世发展过程中宗教性体现得更为明显和单一，人们续凿石窟造像则是更单纯地为了礼拜、祈福、寄托自己疲惫的精神。当然，由于后世统治中心长期在南方，响堂山地区一度成为边远地区，所以它受到的重视程度一直不高。时至今日，前往响堂山的游客也多是为了感受石窟文化中与佛性相通的沉静、安宁之气。

响堂山石窟内的造像均以佛菩萨为题材，如观自在菩萨、地藏王佛菩萨、阿弥陀佛、力士像、一佛二菩萨二弟子像。壁画中所绘的人物也属于觉悟人物，讲述的也是佛家经典故事，如佛本生故事、佛得道时的场景，以这些极为直观的觉悟元素传达觉悟精神，唤醒信徒内心的共鸣和虔诚之心，具有直观、强烈的精神感染力和熏陶作用。

响堂山石窟壁画的故事题材主要为佛传故事、本生故事。佛传故事主要讲述释迦牟尼的生前经历及生平故事；本生故事则是讲述佛陀释迦牟尼的“前世”故事，多为善行善言，例如，九色鹿本生、月光王施头千遍等。这些故事虽然是佛传的传统题材，但是这些画面相对比较血腥，有一定的暴力色彩，以此告诫人们忍辱、苦修，并且大力提倡自我牺牲的精神，这些与中国社会传统的审美观是冲突的。所以，后来响堂山石窟中更多见的是表现吉祥瑞应和世俗生活的因缘故事题材。这些因缘故事中还创造性地加入了中国传统的宗教人物和艺术元素，因此，响堂山石窟不仅具有传统的印度宗教色彩，还呈现着中国古代社会的宗教元素，体现出了多元化的宗教色彩。正是中外宗教元素的有机融合，这些壁画故事使信众更加相信佛性灵的存在，从而使芸芸信众更加虔诚。

图 4-1　响堂山石窟内景

最后，我们说响堂山石窟艺术具有宗教性，是因为这些庄严的觉悟造像开凿之后，给人们的精神以安放之地，在千百年来持续地给予人们精神上的熏陶和感化。高齐王室是最直接通过响堂山石窟满足其宗教信仰需求的人，他们出资开凿石窟，和佛、圣僧有着更为“密切”的关系，沉肃的佛像融进高齐王室的日常生活中，成为他们的精神慰藉。后来，高齐王室还将皇帝陵寝修凿于此，想借佛国的宁静祥瑞为王室逝者求得灵魂上的安息，为后继者求国祚绵长。对于民间的芸芸信众来说，响堂山石窟的慰藉作用恐怕更为重要。当时民族冲突和融合导致的文化、社会乱状，统治者统治不力等，皆导致现实生活中人们生活艰难、困境重重，而这时，石窟提供给人们虔诚祈福选址之地，在此寻求精神上的慰藉和支持。

总的来说，响堂山石窟作为觉悟建筑，最直接的特点是宗教性，其造像、壁画题材、日常功能及最终达成的精神效果都能很好地佐证这一点。这一点也是我们分析响堂山石窟不可脱离的认知基础，否则一旦偏离了这一认知轨道，就会忽视响堂山石窟极为重要的宗教价值。

二、响堂山石窟艺术的政治性

我们在研读响堂山石窟相关史料的时候，认为政治性也是响堂山石窟艺术的一个极为重要的特点，响堂山石窟的开凿应当是北齐王室统治集团的要求。

纵观中国上下几千年的历史发展脉络，遍览中国历朝历代政治得失，我们会发现，南北朝时期是国家分裂、政权更迭、社会动荡最为激烈的时期，这一时期不仅统治阶层内部的信仰出现变化，儒家意识形态的统治地位受到冲击，统治阶层和被统治阶层之间的关系也岌岌可危，同时还面临着民族之间的大冲突和大融合。这一冲突和融合体现在社会生活的方方面面，因此造成了巨大且持续的影响。在这一时期的民族冲突中，民族融合不断加快加深，进入中原的少数民族逐渐汉化。但是，少数民族生鲜刚劲、富有生机的文化元素也使汉文化为之一新，提升了汉文化的多元性，也唤醒了汉文化的包容性，使之有效地将周边的民族凝聚于中华民族的大家庭中。南北朝时期，门阀政治一度盛行，封建地主阶层的势力盘根错节，力量不断壮大，对统一的中央集权造成了巨大的冲击。在南北朝的门阀政治经历一个高峰之后，封建政治又逐渐向君主专制中央集权的传统体制回归。封建社会时期的中国，以农耕为主的自然经济形态是主流，中央集权的皇权体系更能集中社会资源，协调统筹，形成突破变局的合力。南北朝时期的寺院经济的繁荣，就得益于最高统治者的扶持资助，为觉悟经济的发展和大量觉悟寺庙的兴建和石窟寺的开凿大开方便之门。

正是觉悟在中国的兴盛为后来觉悟艺术的繁荣打下基础。后来，有了国家力量的大力扶持，觉悟获得了长足发展。统治者为什么要支持觉悟的发展呢？这恐怕与觉悟文化的精神内涵和精神追求有关。在觉悟的教义和戒律中，大力宣扬忍苦受难的精神，只有坚持修行的人，来世才能到西方净土享受荣华富贵，这些教义、戒律有助于帮助统治者麻痹被统治的反抗神经。

中国古代的统治者们为了更好地维护自己的封建政权和统治地位，往往会崇信觉悟，倡导发展觉悟，从而更好地麻痹被统治阶层，牵制其思想，使之成为顺民，麻木地被统治。统治者不仅为了使民众更好地笃信觉悟，甚至将国家财政收入的相当一部分拨出来广建庙宇，支持寺庙经济，使信奉觉悟的氛围弥漫在群众的日常生活之中。而在这之前的统治者，只是通过觉悟信仰和政治生活中的一些佛事活动来进行祈福，祈求治下风调雨顺、太平吉祥，或者为统治集团争取尽可能多的人才。而在南北朝社会意识形态层面，有些统治者甚至以觉悟取代儒家思想辅助统治，治理国家。

北齐诸帝对觉悟的极力推崇使觉悟迅速壮大，僧侣人数大为增加，国家层面甚至出现了僧官。僧官的设置是觉悟服务世俗皇权的明证，是皇权对僧侣队伍的重视，觉悟已与国家政治生活密切联系。

今日，我们也要为北齐王室充分利用觉悟转移社会矛盾、缓和统治阶级与百姓之间关系的政治智慧感叹。可以说，是北齐王室的政治、社会需求赋予了响堂山石窟开凿的直接条件。

但是，皇权的政治扶持既是觉悟之幸，亦是觉悟的不幸。因为在觉悟与现实政治的结合中，主动权实际上掌握在世俗政权的手中，而世俗政权手中的政治、经济力量使得它站在绝对的支配地位上，如果世俗政权认为觉悟阻碍了自己加强封建皇权统治的步伐，那么，它很轻易就可以采取措施禁止觉悟的传播，给觉悟事业发展带来毁灭性的打击，而响堂山石窟作为觉悟建筑，其兴衰也随觉悟与统治者的关系而发生着变化。

图 4-2　灭佛运动

中国封建社会2000多年，社会主流意识形态始终是儒家思想。作为外来文化的觉悟，思想上很多地方与儒家的纲常伦理相背，两者形成文化冲突是必然的。在这种背景下，无论觉悟在中国的盛世还是乱世，其发展传播必然会遭遇许多坎坷不平。当觉悟发展与国家政治发生冲突时，无论是经济利益上的冲突，还是政治结构上的冲突，抑或是华夷之辨的争论，觉悟遭遇法难就成了必然，历史上“三武一宗”的灭佛运动正是这些冲突总爆发的结果。

但觉悟并没有在四次灭佛运动中绝迹，它总是能在法难过后慢慢恢复，甚至迎来新的发展和繁荣。这是政权更替、政治轮回的作用，是统治者的政策转变给了觉悟持续生存的土壤环境。可是，灭佛时，统治者不仅会下令禁止出家、迫使还俗，甚至还会对已有的觉悟建筑进行破坏。所以，哪怕觉悟会在灭佛运动之后缓缓复苏，但觉悟建筑这种有形物体上受到的伤害却是难以恢复的。响堂山石窟中的觉悟造像上今日可见的许多伤痕，不仅是民国时期盗凿所致，而且也有千百年来数次灭佛运动之“功”。

因此，可以说，响堂山石窟的发展历程中体现着极为明显的政治色彩，我们在分析研究响堂山石窟时应该不忘关注历朝统治者的宗教政策，这样无疑更有利于我们分析理解响堂山石窟的沿革和发展足迹。

三、响堂山石窟艺术的多元性

以响堂山石窟的石窟形制和觉悟造像以及壁画、纹饰、刻经等来看，觉悟艺术受中原文化的影响非常明显。可以说，觉悟石窟艺术传入中国后就开始了本土化发展过程。经过几个世纪的传播发展，在域外文化、民族文化的不断碰撞下，中原地区的汉民族在生活方式、思维方式、信仰意识、审美情趣等方面，持续吸收其他民族的文明精华，并不断加以改造利用，到北朝晚期已完全形成了中国式的觉悟艺术之风，并由此孕育产生了新的文化形态。它改变了自商周以来中原文化占主导地位的华夏文明体系，真正意义上的多元性中华文化形成了。

响堂山石窟中主要的几种外来文化形式有鲜卑文化、印度犍陀罗艺术精华以及西域文化元素。鲜卑文化在相当长的一段时间是默默无闻地蛰伏在汉文化的边缘上，但是最终鲜卑文化还是以其刚劲强健对汉文化产生了不可磨灭的影响。公元 45 年，鲜卑文化伴随着阵阵黄沙和马蹄声传入中原大地，鲜卑民族的游牧文化就这样闯入了汉文化的怀抱，中原王朝的统治者和士大夫们看到了一种截然不同的生产方式、社会形态和民族文化。历经中古时期的冲突、对抗和碰撞，鲜卑文化最终融入了汉文化，这一过程复杂曲折，尤其北魏时期拓跋鲜卑的政治改革至关重要，它真正架起了鲜卑文化和汉文化沟通融合的桥梁。

纵观中国古代历时千年的民族发展史，就是一部不同民族间文化的交流史。鲜卑文化谦卑而诚恳地拥抱博大精深的汉文化，同时也为汉文化的发展和壮大提供了全新的契机。这一切都体现在响堂山石窟中，躯体健壮、刚健豪迈的觉悟造像，体现的是北方民族驰骋马背的爽朗和豪气、健壮和洒脱。同时还要提及的就是鲜卑文化质朴、洗练的艺术风格使响堂山石窟中无论造像还是壁画，其简约、大气，都可以从鲜卑文化中找到其原形。所以，鲜卑文化对响堂山石窟艺术风格形成的影响不可谓不深。

域外的犍陀罗文化同样深刻影响了响堂山觉悟造像艺术的风格。自魏晋南北朝以来，丝路南道和丝路北道沿途地区，佛事活动兴盛，犍陀罗艺术越过葱岭传入西域后，新疆地区自然就成了犍陀罗艺术的盛行之地。丝路南道鄯善、于阗地区的觉悟艺术遗迹，都被打上了犍陀罗艺术的深刻印记，甚至年代较晚的于阗觉悟遗迹，还同时受到了印度笈多艺术的影响。

横贯欧亚大陆的丝绸之路，既是商业贸易之路，也是文化交流的通道，古老的中国正是通过丝绸之路走向了世界，与异域文明建立了密切的联系。汉唐时期，东西方在经济、宗教、文化、艺术上的联系日趋紧密，丝绸之路空前繁忙，异域文明的先进成果滋养了华夏文明，中原王朝也向世界展示了伟大创造力和灿烂辉煌的文明成就。

西域是觉悟及觉悟艺术传入中国的第一站，西域以其独特的文化特色及风格作为印度文化和汉文化交融的缓冲地带，对觉悟石窟艺术进行了因地制宜的改造，对其美术题材及形式也进行了大量创新。因此，当石窟艺术沿丝路传至河北一带时，其灵魂中已有了西域特色，而响堂山石窟自然也受到了很大的影响。

可以说，响堂山石窟艺术是中原文化以宽广博大的胸怀吸收多种文化元素的艺术成果。这提醒我们，在研究分析响堂山艺术风格及特色时，要坚持多元化的思维方式，从多元文化的角度切入，看到不同民族、不同时代的精神诉求和时代内涵，才能和响堂山石窟中每个文化元素展开深入的对话和交流，从而真正在响堂山石窟艺术的研究领域有所发现和突破。

四、响堂山石窟艺术的创新性

在学习借鉴外来文化艺术的基础上，响堂山石窟艺术也有创新的一面，是中国觉悟艺术发展史上不可或缺的组成部分，有承前启后的重要作用，尤其是响堂山石窟的刻经艺术，开启世界觉悟刻经的先河，成为觉悟刻经文化的源头。我国石窟中大规模刻经的出现，最早始于响堂山石窟，开觉悟传播形式风气之先，响堂山石窟的刻经艺术，无疑对我国其他地区的刻经起了榜样和表率的作用。

而在石窟的建筑形制层面，响堂山也创造了一种新的石窟样式——

“塔形窟”。塔形窟将觉悟石窟、印度古塔、中国传统的木构建筑形式巧妙地融为一体，是一种创新的建筑风格，也是一种创新的建筑技术。塔形窟还传播到了其他许多地区，影响甚广，如北齐河清二年的道平法事双石塔、安阳灵泉寺隋代大住圣窟、安阳宝山万佛沟，岚峰山及炳灵寺石窟雕刻中的部分塔形龛，其建筑形制源头都可以追溯到响堂山石窟。所以，响堂山的“塔形窟”是研究北朝时期觉悟建筑渊源的重要实物。

响堂山的中心柱窟在建筑布局上也有创新，北齐之前的云冈、龙门、巩义市诸窟，其中心方柱都是四面开龛，且方柱直通窟顶；响堂山中心柱窟改变了这种形制格局，石窟内的中心方柱三面开龛，柱身后壁不开龛，而是与石窟后壁的山体相连，柱身下部开凿甬道供礼佛时通行。这种简洁、明快、大方的石窟形制，是对传统中心方柱形式的革命，体现了北朝石窟中心柱窟由繁到简的发展趋势。

精美华丽的龛形装饰和雕刻于窟门甬道的卷草纹，也是响堂山石窟装

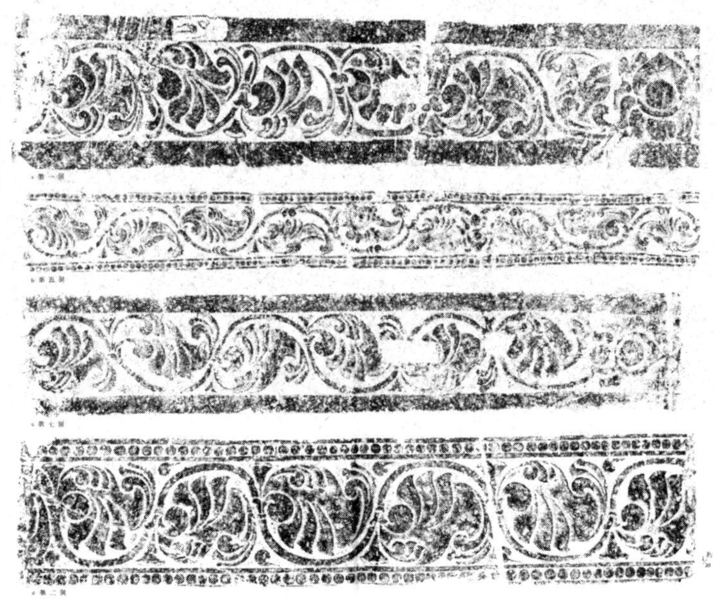

图 4-3　卷草纹拓片

饰的新做法。这种新风的形成涵盖了多方面的文化因素：既有对“龙门风格”的继承，又有域外祆教文化的影响，还有对南朝文人思想的借鉴，这些文化因子汇聚到一起，形成了石窟装饰的“新响堂风格”。例如，南响堂华严洞主佛须弥座的联珠纹，为椭圆形的珠圈之间装饰两点小联珠的样式，研究者多称其为“小联珠纹”。这是北齐工匠在石窟装饰纹样上的创新，在中国觉悟纹样发展史上占有极重要的地位。

此外，北响堂石窟中的“帝后礼佛图”在艺术形式上也有创新。这幅“帝后礼佛图”在规模上远超云冈石窟和龙门石窟的“帝后礼佛图”，其艺术创新之处在于绘画和雕塑技法的综合运用，将造像雕刻和壁画彩绘完美地结合在一起，这是一种创造的艺术形式，开创了觉悟石窟艺术的先例。

图 4-4　帝后礼佛

可以说，响堂山石窟在中国众多石窟建筑中，虽然不是大放异彩的一颗明珠，但这并不是因为它没有足够的艺术价值、足够鲜明的艺术特色，而是因为，第一，它经历的时间过于漫长，又几经损坏，故而完整性稍差；第二，它所处的位置既非中国传统社会的中心地带，又不在石窟文化集结区，时至今日，它甚至栖身在污染严重的矿区内，这一切影响了它本应受到的关注。但事实上，响堂山石窟所体现的创新性足以使它在中国乃至世界石窟文化中占得一席之地。

第二节 响堂山石窟的历史价值

一、响堂山石窟在古代社会的价值

响堂山石窟在古代社会的价值有二，分别针对统治者和百姓来说。

第一个也是其最直接的价值，就是较好地满足了北齐王室的宗教及政治需求。先是作为北齐王室的离宫，为奔波于两都之间的王室成员提供了一个清幽隐逸的歇脚之地；后文宣帝高洋见数百圣僧行于此道，便在此开凿石窟寺，北响堂石窟成为王室礼佛参拜之地，成为高齐王室虔信觉悟、表明对神迹忠诚心意的物质载体；而间接达到的极为重要的目的是进一步向民间推广了觉悟，使崇信觉悟的民众又多了一处参拜之地，能够寄托精神世界和内心的信仰；最后，这里又成了高齐数位帝王的陵寝，可见响堂山在高齐王室心目中的重要地位。

第二，对百姓来说，响堂山石窟的作用可以说有三层：第一层来自精神层面，石窟寺的修建和开凿使平民百姓多了一个朝圣参拜的场所。我们可以设想，天下久乱，统治者施政措施不力，社会生活秩序一片混乱，百姓在战火和暴政的骚扰、压抑之下，颠沛流离，食不果腹，现实生活的悲惨使他们的内心也产生了对统治者的信任危机和精神危机，他们在物质世界和精神世界同时做着困兽之斗，左冲右突的结果便是社会情绪的不稳定。推翻统治者统治的千钧之力此时正零散地在这些凡夫俗子的体内酝酿，只待一个催化性事件的出现，也许便有一群人揭竿而起，众怒煽动之下，以风雷之势席卷国土，直捣朝廷，最终改朝换代…… 石窟寺的出现是觉悟信仰进一步社会化的措施和最直接的体现。觉悟宣扬的思想是人今世的苦难是由于前世自己作了孽，今生就应该受到相应的惩罚，而信徒应该认识到自己前世的罪孽，今生应该做的就是虔诚地信奉觉悟、皈依佛门，保持内心清净，忽视物质世界加给自己的苦难，为死后往生佛国、来时的幸福作出不懈的努力。试想，来石窟寺礼拜佛像的人们，在经历了攀爬山道的疲劳和痛苦之后，又会怎样地为眼前庄严肃穆、面容沉静安详的佛像所震撼；响堂山之中的铿锵回声又将怎样使觉悟信徒们坚信此处有佛祖显灵、眷顾。信徒们所受到的震撼越大，其祈祷之心越虔诚，内心受到的净化和升华就越为明显。在这里，他们越过了苦难重重的现实生活，忽视或原谅了统治无能、暴虐的统治者，和前世留下业障的自己相遇，和现状中的苦难和解，认为自己唯有忍受，方可超脱轮回，了百世之苦。至此，一轮精神洗礼基本完成——响堂山石窟便是这般洗去了百姓心中的戾气，使其逐渐成为温驯的顺民。第二层是石窟寺的开凿需要大量的劳动力，这在一定程度上又解决了一部分百姓的就业问题。可以说，也在一定程度上释放了现实社会生活的压力，缓解了统治阶级与被统治阶级之间的紧张局面。另外，劳动力的占用还可以说是抽取了民间可能造反力量中比较坚实有力的一部分，给予百姓以就业机会，并以此消耗民力，使其失去造反的心理基础和精力。因此，可以认为响堂山石窟在当时是惠及诸多群体的，创造出了客观的现实价值。

二、响堂山石窟艺术具有史料价值

德国古典主义哲学家黑格尔曾说："宗教往往利用艺术来使我们更好地感到宗教的真理，或是图像说明宗教真理以便于想象"。石窟艺术是觉悟在中国传播的一种有效形式，它将雕塑、壁画、建筑融为一个整体，以世俗化的内容形式传达觉悟的教义思想。所以，觉悟石窟艺术为我们研究古代社会的方方面面提供了可靠的实物佐证，也弥补了传世文献史料的不足。

图 4-5　响堂山石窟内景

响堂山石窟的开凿对于高齐皇室而言极为重要，它是以宗教愚民进而稳固统治的一种有效方式。响堂山石窟中的造像众多包括药师佛、水月观音、多面观音、关帝等，题材也很广泛，诸如定光佛授记本生故事、药师经、变普贤变、阿弥陀经变、观无量寿经变、弥勒经变等。这些题材的大量出现，说明当时的民众对觉悟所描绘的琉璃世界充满期待，他们憧憬着弥勒降世，赐福人间。这些图像资料反映了当时人们的心理欲求，对我们研究北朝晚期的混乱时局和社会状况都有极高的史料价值。

根据文献史料记载，“石窟”这种在古印度流行的觉悟建筑，首先是在新疆龟兹地区出现的，它是中国内地石窟艺术的源头。十六国时期的“凉州模式”，又有汉民族文化元素大量融入觉悟石窟的迹象，这是汉民族文化底蕴的体现。

随着王朝的更替和历史的变迁，南北朝时期的觉悟已经发展成为一种适合中国国情的社会意识形态，在传教策略上形成了“不依国主，则法事难立”的共识，并适时地提出了“皇帝即是当今如来”的宗教观点，觉悟和世俗皇权形成了相互依附的关系。

早在响堂山石窟开凿之前，大同云冈和洛阳龙门等石窟在性质上都是皇家石窟，昙曜五窟就是按照印度石窟艺术中的佛像服饰，模拟当今皇帝的容颜风貌雕刻而成的。《魏书•释老志》中记载：“景明初，……于洛阳伊阙，为高祖文昭皇太后营石窟两所。” 明确指出洛阳龙门石窟的开凿，目的就是为皇室贵族服务。而受到云冈、龙门石窟影响的响堂山石窟，也是北齐皇室贵族出资开凿的，北朝晚期的觉悟传播已有了相当稳固的上层政治基础和底层信众基础，所以响堂山石窟对于我们研究觉悟在中国北方的传播有极重要的史料价值。

响堂山石窟的造像风格是在继承北魏风格的基础上开创的，也有自己的风格特点，其造像题材、人物形象、服饰配件已有较多创新，而在雕刻纹饰、法器工具等方面，不仅反映了觉悟教义思想在北齐时期的转变，也体现了北朝时期的社会风貌和物质文化的发展状况。

响堂山石窟中大量刻经的出现，一方面准确记载了响堂山石窟的开凿时间和过程；另一方面又详细阐述了觉悟的教义思想和当时社会的发展状况，这极大地填补了北齐传世文字史料的不足，对于我们研究北朝觉悟史、佛经刊刻史、北朝书法史都提供了原始而珍贵的实物资料。

三、响堂山石窟的精神文化价值

文化是由人类缔造的物质财富与精神财富的总和，自有意识以来文化就已存在，文化历史久远，文明历史短暂。觉悟石窟艺术反映了人类在较短历史时期的思想精神面貌，蕴含着对艺术生命的极大创造热情。石窟艺术是杰出的艺术创造，它是宗教情感的深厚凝聚，也是审美风尚的鲜明体现，它更是一部无字却很生动的历史画卷。

觉悟石窟艺术兼具人类文化精华和自然世界之灵气，融汇中外，旁涉古今，跳动着时代文化脉搏，迈着主动创造的步伐，饱满深厚却不晦暗，活泼灵动的视觉形象悦人心目，令人抒怀、陶醉、沉迷。

作为一种宗教文化，兴于魏晋，盛于隋唐，贯穿中古。觉悟石窟艺术取材觉悟故事，吸收了印度犍陀罗艺术精华，融汇了中国美术技法和审美情趣，反映了觉悟的教义思想，揭示了觉悟美术的汉化过程，是研究中古社会史、觉悟发展史和中外文化交流史的珍贵资料。石窟艺术中的佛、菩萨、护法等艺术形象以及佛本行、佛本生等各种故事，都是通过世俗化的人物形象和生活故事表达反映的，因此，石窟艺术与中古时代的社会生活有割舍不开的联系。它虽然不是直接反映社会生活，但却曲折地描绘出中古时期各阶层人物的生活图景。石窟艺术从人们的精神层面出发，思想观念的高贵特质令石窟艺术弥足珍贵，与其说是一种精神慰藉，不如说是一场历史悠远的精神洗礼。石窟壁画中的各种佛陀故事，虽也有些残缺，但这些存留至今的艺术痕迹仍然代表着一种情感、一种精神、一种文化。深沉、静穆的石窟雕塑昭示着“天行健，君子以自强不息”的民族精神，从秀骨清像到端庄典雅的造像风格转变，则揭示了中华文化永不停息的生命精神……

响堂山石窟开凿于崇山峻岭、顽石坚土之间，是我们的祖先用充满力量的双手和智慧的头脑，开山劈石雕凿刻画而成的艺术珍品。北齐时期大规模开凿后，历代又有不同程度的续凿，因此，响堂山石窟沉淀的是千百年间数十代人的智慧和技艺精髓。

我们从响堂山石窟中体会到的不仅是祖先们的坚韧和智慧，还有中华文化如石雕般不朽且绵延相传的自豪感。这种种艺术奇迹怎能不令我们感到骄傲和自豪？同时，那些破损的造像又无时无刻不在提醒着我们，我们的文化瑰宝和我们的民族又受到过怎样的洗劫和创伤，而这又将持续地激起我们保护和振兴民族的壮志豪情。

可见，响堂山石窟的价值已经超越了当时社会，超越史料价值，转而成为我们精神上的养料和催化剂，滋养着我们不断成长，持续前行，而文化遗产的振兴之路上，响堂山更多的精神价值和文化价值还等待我们去发掘，一个更加深邃悠远的佛国世界正在等待着我们感受和触摸——就在前方，我们更加高级的灵魂和更深刻的思想正在等待我们。

四、响堂山石窟的旅游开发价值

响堂山石窟是一座集建筑、雕塑、壁画、书法于一体的艺术宝库，其内容涵盖中古时代的政治、经济、社会、文化、宗教等诸多领域，具有珍贵的历史、艺术和科学价值，是中华民族宝贵的文化遗产，早在 20 世纪就已被国务院列为国家重点文物保护单位。

响堂山风景区占地 4100 公顷，现位于河北名城邯郸市 49 公里的峰峰矿区鼓山腹地，自然风景秀美，文物古迹众多。作为北朝晚期石窟艺术的代表，响堂山石窟的艺术和历史价值更可与敦煌、云冈、龙门、麦积山中国四大石窟相媲美。此外，还有磁州窑遗址等文物古迹 100 多处，其中的

25 处被列为国家、省市级重点文物保护单位。

响堂山石窟作为风景区的核心，是河北省内迄今发现的最大规模的石窟，也是国务院 20 世纪公布的第一批重点文物保护单位。石窟分为南北两处，现存 17 座，大小佛像 4300 余尊，并有大量石刻经，是研究觉悟建筑、雕刻、绘画、书法艺术的宝库。北京大学考古系已故教授宿白先生曾言："响堂山石窟是中国石窟艺术的缩影。"

目前，响堂山风景区内除了文物古迹外，还有元宝山公园、东武仕水库等景点，自然景观丰富，生态环境优良，加之风景区山体奇特，植被丰厚，鸟语花香，具有极好的建立生态景区的条件。而且，邯郸作为中国历史文化名城，石窟刻经古塔等古迹众多，人文历史积淀深厚，宗教旅游市场稳定，人文景观旅游资源丰富，具有很高的历史性、艺术性和民族性。

图 4-6　邯郸广府古城

而且，响堂山石窟所在的响堂山风景区所处的区位条件也很优越，地理位置接近旅游客源地。峰峰矿区所在地为晋、冀、鲁、豫四省通衢，是中国北方重要的能源和原材料基地，常住人口近 60 万，流动人口超过 20 万，风景区位置优越，交通便捷，这些都能有效地吸引旅游者的到来。

以上种种优点大大改善了响堂山石窟在漫漫千年历史中的边缘地位。可以说，现在响堂山石窟处在人口密度较高、经济相对发达的地区，这些可以为响堂山石窟重新在中国石窟文化中大放异彩提供很大的便利。

在这些便利条件的支持下，不难看出，响堂山石窟艺术具有稳定中不断增值的旅游开发价值，如果能够提高对响堂山石窟艺术的开发意识，合理地对响堂山风景区进行规划和开发，响堂山石窟艺术便可以超越精神世界的界线，在现实世界为当地经济乃至河北经济多元化发展谋福利。

第一，如果将响堂山石窟风景区的开发提上日程，将会解决相当一部分人的就业问题：首先是风景区的规划和设计人员。景区规划和设计过程中还需要大量的执行人员负责维护和施工，随着景区功能的不断完善，又会提供大量的服务性工作岗位，这些岗位往往专业性并不强，但是却可以为没有专业技能的适龄无业人士提供一个相当稳定的就业机会；另外，随着景区的逐渐健全，还会对周围的经济和服务业有一定的带动作用，景区周边的宾馆、饭店等第三产业也会在景区的大力带动之下不断繁荣，而这又将解决一部分人的就业问题。

第二，能够在邯郸当地形成经济发展的联动效应。邯郸作为中国的历史文化名城，可游玩的人文景点和自然景点很多。这样，响堂山石窟所在的风景区和其他风景区彼此之间能够起到相互提携的作用。游览过响堂山风景区的游客可能顺路到其他风景区观光游览；同样，响堂山风景区也能以其特有的宗教艺术魅力吸引其他景区的游客光临。这样，整个邯郸地区的旅游业都会取得实质性的发展。另外，响堂山风景区所在的峰峰矿区在多年的发展过程中其实也存在着一定的问题，那就是其开发方式相对比较粗放，资源利用效率比较低，而且在实际开发过程中，由于保护意识不强而产生了比较严重的环境污染问题。

如果响堂山风景区能够得到大力开发，收到比较明显的经济价值，就能提高响堂山风景区在城市发展规划部门心中的地位，在城市发展、经济发展规划中为了改善响堂山风景区的发展环境，扩大响堂山风景区的发展空间，就会同时对峰峰矿区的发展模式进行调整，对响堂山风景区外围的环境进行净化和改善，这样能够提高响堂山风景区的整体形象和对外界的吸引力。这样就会使得响堂山风景区和峰峰矿区实现共同发展，响堂山风景区外围的环境得到了清洁和改善，响堂山风景区的整体风貌得到改善，变得更加具有旅游开发价值；而峰峰矿区在生产方式整顿之后，生产方式和生产结构更加科学，资源利用效率提高，不仅有利于改善周围的环境，更有利于自身的产业升级，提高其在行业内的竞争力。而后，这两者之间的双赢局面又会给周围的经济圈带来示范效应，最终可能会提升整个邯郸市的经济发展水平。

第三，就是对于整个河北的经济发展产生良好的带动和示范作用，并且能够有力地推动河北省的经济发展结构科学合理化和多元化。我们知道，在中国历史上，统治中心和经济发展中心长期在南方，而河北省则长期处在比较边缘的位置，充满人文气息的历史景观实际上并不是很多，而且在新中国成立后，河北走的主要是工业化发展路线，第一产业和第二产业受到的关注和支持较多，第三产业在近些年才呈现较好的发展态势，而旅游业，由于人文历史景观不多、自然景观特点不鲜明，所以在这方面的重视程度和开发程度一直都不高，所以整个河北的经济发展一直处在一个不是很协调的状态，但是如果响堂山风景区和邯郸能够起到良好的示范效应，能够以自身发展成果为典范，促使发展规划制定部门重新审视旅游业的发展空间，重视旅游业的发展和对传统人文历史景观的开发，这就会大大改善河北省经济的发展结构，促使河北省的经济发展向着科学化、多元化的方向不断发展。

第三节　响堂山石窟艺术的研究工作

自20世纪20年代开始，众多的国内外学者参与了响堂山石窟的考古调查和研究工作，一部绵延近百年的响堂山学术史在不断地被书写。

一、20世纪上半叶的初步考察

最早来到响堂山石窟开展调查研究工作的国外学者，是日本人常盘大定，他是研究中国觉悟发展的专家，也是日本的古建筑学家。自1922年以后，他先后三次来到响堂山石窟进行调查研究，并于1932年发表了世界上第一份响堂山考古调查报告，因此，他是响堂山石窟最早的国际学者。常盘大定研究响堂山石窟的优势在于他懂建筑，因此能够从结构和功能上来研究响堂山石窟，与此同时，他又能读懂响堂山石窟开凿过程中糅合进去的虔诚觉悟信仰，能读懂石窟内觉悟造像佛祖面目中的悲悯和神圣。因此，当他走近响堂山石窟，更容易触碰到这一神迹的灵与肉，对它作出更为多元的、更有高度的解读。可惜，他的研究报告发表于日本国内，而由于日本人对响堂山石窟了解有限，所以最后产生的影响也有限。

20世纪30年代，日本考古学家长广敏雄、水野清一也对响堂山石窟进行了考古调查，回到日本后出版《河北磁县河南武安响堂山石窟》

一书，该书是日本学者关于响堂山石窟最早的学术专著。长广敏雄还曾编著《云冈日记——大战中的觉悟石窟调查》，该书对云冈石窟作了细致入微的考古调查工作。可以说，长广敏雄的著作中既能体现中国觉悟石窟艺术的个性即个别石窟的特性，也体现着中国觉悟石窟艺术的整体特性和指导思想，并且能使觉悟石窟艺术个性化研究在后者的指导下拥有同一而广阔的背景，不会偏离社会历史发展的主线，而是对结合时代背景、遵循觉悟艺术特色的指导思想作出具有说服力的、可借鉴的解释和说明。虽然我们中国对于响堂山研究的起步较晚，以至于这些国外学者撰著的厚重精致的造像专著和画册，捧读之余总有一种被排斥在外的无可名状的失落感，但是我们应该高度重视这些研究成果的开创性和其中蕴藏的信息点，对其进行详尽、完备的考察和借鉴。

图 4-7　原响堂山石窟（水野清一摄）

中国学者对响堂山石窟展开研究始于 1925 年，营造学社对响堂山石窟进行了多次田野调查，但调查在国际学术界的影响并不大。1931 —1936 年，中国营造社梁思成、刘敦桢、林徽因等考察了响堂山石窟。

除了营造学社的调查研究，我国其他领域的学者从 1935 年起也开始对石窟艺术展开研究，其中，国立北平研究院史学考古组的徐炳昶和顾颉刚在开展石窟调查的时候，选择的第一个考察点不是敦煌、云冈和龙门的石窟，而是坐落在河北省境内的响堂山石窟。实际上，今天我们回看两位老先生作出的这一选择，可以看出原因大致有二：其一是河北距离北京比较近，从地理位置上比较占优势，当时石窟艺术研究刚刚起步，经验、经费都有限，所以在调研地点选址时当然是越近越好。但是，这个解释是有违考古研究者认真严谨的科研探索精神的，因此以下的这点原因也许更为重要，那就是响堂山石窟以其历史悠久、内涵丰富、历史性强、艺术成就高超等优点深深吸引着国立北平研究院史学考古组的研究人员。两位老先生颇有先见之明地看出，响堂山石窟虽然规模及名气上逊于龙门、云冈等石窟，但是在艺术价值和历史文化价值方面毫不逊色。这一沉默的石窟寺在华夏大地上驻足千年、历经沧桑，有满肚子的故事要讲，它已经等了很久很久……

于是，徐炳昶、顾颉刚两位老先生带着一批历史、美学等专业的学者分别在南、北响堂进行了拍照、测绘、拓片等实地考察研究工作，记录和整理了大量的造像题记，同时还校勘刻经、编制碑目、文字记录等，并出版了《南北响堂寺及其附近石刻目录》一书，明确了响堂山石窟艺术的年代以北齐为主。这是国内学者对响堂山石窟作的首次科学考察研究，也是我国石窟寺艺术研究的肇始，意义重大。

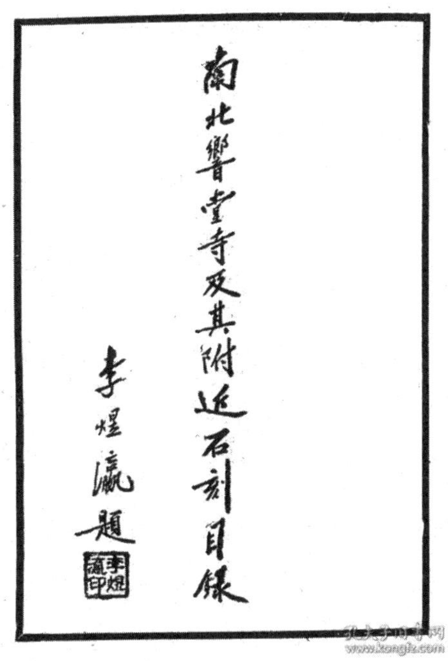

图 4-8 《南北响堂寺及其附近石刻目录》

1936 年，中国营造社的刘敦桢对响堂山石窟进行了再次考察，其研究观点阐述于氏著《中国古代建筑史》一书中。1936 年，国内的其他学者也对响堂山石窟进行过考察研究，并发表了一些调查报告。总体而言，20 世纪初，国内外学者对响堂山石窟的研究工作以调查报告为主，多为初步研究，学术专著和研究文章相对较少，许多调查报告还不具备严格意义上的研究性质，只是做了一些资料采集工作，提出了一些简单的看法或观点，为其以后的研究提供了一些素材和线索。同时，不得不提及的是，中国这一时期社会时局比较动荡，地方关系、央地关系都比较紧张，战乱频仍，知识分子的研究工作也会受到一定程度的影响，研究很难持续进行，调研成果也很难引起相应的重视。

二、20 世纪下半叶的具体调查研究

新中国成立后，国内学者对响堂山石窟的调查研究工作更加重视，也更富有成效。1956 年，王去非考察响堂山石窟时，提出了对响堂山石窟编号的问题。这个问题的提出必将引起国内响堂山研究学者的争论，而不管争论的内容是什么，结果又是什么，毫无疑问的是，响堂山石窟课题的研究水平会在这一争论中大大提高，而这一争论也会使越来越多的学者和考古学家关注响堂山石窟。可以说，响堂山石窟研究和保护的前程在这时是一片光明的。

1957 年，刘慧达率领北京大学历史系考古队对响堂山石窟进行测量、考察和研究，这次的调查研究较 20 多年前徐、顾二人的调研更有优势，其测绘勘验技术无疑更为先进，其结果也会引起更加高度的重视，但是很可惜，这一次调研获得的资料在“文革”时期丢失了，这不得不说是响堂山石窟研究工作中的一大损失。

但是，随后“文化大革命”的到来，给国内学术界的研究泼了一盆冷水，响堂山石窟的研究工作一度中断。

一直到 20 世纪八九十年代，随着全国文物普查工作的展开，国内对响堂山石窟的研究再度开启。国内外学者纷至沓来，对响堂山石窟展开调查研究和实地测绘，发表了大量的研究文章，比较详细地介绍了响堂山石窟的地理位置、开凿年代、造像题材、造像规模、碑刻题记及佛龛造像等。

响堂山石窟一度成为中国石窟考古和觉悟美术研究的热门课题。1989 年，石窟文物所的赵立春、张秀君、徐培兰对南响堂石窟群展开了调查研究工作，完成了 20 万字的调查研究报告，后经整理成为“全国重点文物保护单位档案资料”，存放在峰峰矿区文物保管所档案室。这次的调查研

究详细而具体，是对响堂山石窟的全面介绍，也是当今学者研究响堂山石窟的基础资料。1991 年，马世长和德国学者雷德侯考察了响堂山石窟。1991 年，赵立春在《文物春秋》上发表研究文章《响堂山石窟刻经与书法艺术》，这是峰峰本地学者首次公开发表的学术成果。1996 年，王朝闻先生主编《中国石窟雕塑全集》，响堂山石窟被列入《北方六省散点卷》。

在这期间，一些国外以及我国台湾地区的学者也参与到了响堂山石窟的研究工作，他们的学术成果丰富了响堂山石窟的学术大厦。在研究思路和研究方法上，中国大陆学者不断受到国外学术界的启发和影响，思维方式及调研技术也在不断改进，响堂山石窟的调查研究在 20 世纪末进入了创新期。

三、21 世纪响堂山石窟研究现状

进入 21 世纪以来，中外学者对响堂山石窟所作的研究和考察进入了一个全新的时期，有影响力的学术论文多达数十篇，这是学术研究硕果累累的一个时期。2000 年，赵立春编著《中国石窟雕塑精华——河北响堂山石窟》，这是 21 世纪第一部专门介绍响堂山石窟雕塑的书籍。2003 年，赵立春编著《河北响堂山石窟南北朝刻经及书法》丛书，专题介绍和研究响堂山石窟刻经。2000 — 2003 年，赵立春先后出版了《响堂山北朝刻经书法——唐写经碑》《响堂山北朝刻经书法——维摩诘经》《响堂山北朝刻经书法——山石窟之碑》。2004 年，孙迪与张林堂合署编撰《响堂山石窟——流失海外响堂山石刻造像》，使国内学者有机会接触到流失海外的响堂山觉悟造像，研究意义重大。2010 年，河北古代建筑研究所赵仓群主编出版《北响堂山石窟加固保护工程报告》，对北响堂山石窟的保护工作做了系统总结。

可以看出，这一时期响堂山石窟研究的成果频出，并且呈现出多元化、细化的趋势，不再是仅仅走进响堂山石窟，面对着众多的觉悟造像、碑刻题记、飞天浮雕等而眼花缭乱、惊叹不已。各领域的学者已经将对响堂山艺术成就的惊叹转化为研究的动力和决心，屏息静气地走向一佛龛、一碑刻，静静地推敲其年代，与其展开最为幽微深刻的对话，感知响堂山石窟中每一个细节的美与精魂。因此，这一时期不仅著作不断，而且专业化水平以及科学性、准确性都在不断提高，对后来的研究者们的参考价值也就更大。

综上所述，一个多世纪以来，尤其是20世纪80年代以后，学术界对响堂山石窟的研究工作不断走向深入，渐入佳境，对响堂山石窟的研究工作进入了全面系统阶段，但也有部分方面不够全面，存在着细节模糊不清等问题，探讨也不够深入，因此，有待于我们当代和未来的学者进行进一步的深入研究。

但是，当前对于响堂山石窟的研究工作还存在着一些困境。

响堂山石窟艺术在石窟艺术中的影响范围比较小，在学术界中的关注度比较低，原因有以下几个方面：第一，响堂山石窟开凿时间比较早并且是在中国历史上的南北朝时期，年代可以说是相当久远。并且，在中国的历史学研究中，南北朝时期可以说是一块相当难啃的骨头，史料之少，历史之复杂，极难理顺，极难出成果。所以，历史学对南北朝研究本身就偏少，这就导致历史学不能给响堂山石窟艺术研究提供充分和足够的史料支持，这无形中就为响堂山石窟的艺术研究增加了难度。相比之下，隋唐时期以其历史发展的延续性、延展性以及史料的丰富性，给后世留下了充足的研究资料。所以，从史料能够提供有力支持的这一角度来看，隋唐时期的石窟文化当然更受到研究者和学者们的偏爱，因为研究这一时期的石窟艺术显然更容易开展调研工作，也更容易总结调研成果。

第二，响堂山石窟的觉悟造像群规模较小，不能和中国西域的石窟群相提并论。石窟造像群规模较小是因为南北朝时期开凿响堂山石窟更多是为了供皇室礼拜佛祖，所以不需要有过大的规模。后来，随着中国历史上政治、经济重心的南移，响堂山石窟所在的河北地区都成了相对偏远的地区，虽然后世各朝代都对响堂山有不同程度的续凿，但是总体上来说，续凿的规模并不大，创新也不多，所以直到今天，呈现在我们面前的响堂山石窟规模比之中国其他著名的觉悟石窟还是比较小的。由于响堂山石窟规模比较小，周围又没有其他的石窟群形成石窟文化带，研究者很难将响堂山石窟群与其他石窟群进行比较研究，所以，研究者的脚步便更多地走向了西域地区和古丝绸之路沿线，去研究觉悟石窟文化在传入中国之后不断发展和沿革的脚步，响堂山石窟不可避免地就受到了冷落。

第三个也是相当重要的原因，响堂山石窟因为其经历的年代久远而遭受了过多的苦难，以致石窟内完整的佛像并不多，石窟艺术的完整性受到了极大的破坏。觉悟从传入中国之后，在中国历史上的发展并不是一帆风顺的，每当觉悟的宗教教义和统治集团的统治思想发生冲突，觉悟处在式微的地位，寺院经济和觉悟建筑都会受到不同程度的影响和破坏。响堂山石窟经历了历史上四次灭佛运动中的三次，几度遭到凿毁。另外在中国近代，响堂山还遭受了一轮大规模盗凿，不能不说这是对响堂山石窟艺术一次致命的打击。因此，这里的觉悟造像的残缺以及响堂山石窟在千年来自然环境影响下发生的退化，都严重影响了响堂山石窟艺术的完整性，而这也就相应地导致了响堂山石窟艺术对学者的吸引力下降。

大多数学者对响堂山石窟的研究都是比较单一的，比如研究响堂山石窟中的某一经刻石碑，研究某一造像头部背光的纹饰，这样做固然会有一个好处，就是促使响堂山石窟的研究向着纵深方向发展，但关键是，目前学者们对响堂山的研究都还是点、线式发展，而没有形成周密完善的全面化、体系化研究格局。另外，对于响堂山石窟艺术的研究理念和研究方法还有待进一步科学化、先进化和国际化。

图 4-9　菩萨像

总的来说，响堂山石窟群作为中国历史上开凿较早的石窟群，见证了中国社会历史的发展，也见证着觉悟和觉悟艺术在中国发展的脚步坎坷，但是由于各种各样的主客观原因，中国对于响堂山石窟艺术的研究起步较晚，而且成果并不能说是丰硕，响堂山石窟艺术在学术界中的吸引力和影响力远远不能和其本身的艺术价值相媲美，而这不能不说是中国学术界中的一大损失和遗憾，甚至可以说是世界范围内觉悟及觉悟艺术发展史中缺失的一环。这种种遗憾，都有待我们当代学人充分提高对响堂山石窟艺术价值的认识，加快研究这一石窟艺术珍品的步伐，使响堂山石窟艺术占据其应有的地位，来向世人娓娓讲述千年来华夏大地、燕赵大地上发生过怎样波澜壮阔的故事，谱写出怎样壮美的诗篇，使响堂山石窟成为中国艺术史上乃至中国历史上一颗熠熠生辉的明珠，让响堂山石窟群中回荡的铿锵之声在燕赵大地上振聋发聩。

小结

响堂山石窟是觉悟艺术在中国高度发展和辉煌的典范之一，以觉悟造像、壁画、经刻等丰富的艺术形式来体现着觉悟的宗教价值和宗教道德在中国的发展情况，既能体现觉悟原初的那种慈悲心和对内心清静安宁的追求，为人们提供精神上栖息的场所，又能够体现觉悟在中国是怎样与统治思想和社会主流的思想道德相融合，因地制宜地为中国人提供精神上的依赖和支持。

响堂山石窟中的造像具有承前启后的特点，在继承北魏的造像风格时，也对北魏时期的造像风格进行了突破性的改动和创新，同时又启发了后来隋唐时期的造像艺术，可以说是中国古代雕塑艺术发展中不可缺失的一环；响堂山石窟中的艺术形式丰富多彩，但是又能和谐地融汇在同一石窟中，每一个元素都能够充分体现自己的美感和艺术价值，哪怕是佛陀造像头后的背光也自有乾坤，引得我们为之深深沉迷，更值得我们为之深入研究；另外，响堂山石窟艺术的价值已经超越当时，从精神上和物质上对当今社会民族精神的发扬和社会经济的发展都有着十分深远和深刻的影响，应该得到我们的重视，大力推动响堂山石窟研究工作的发展，以便对响堂山石窟进行更加全面和科学的保护与开发。虽然当前对响堂山石窟的研究还面临着各种主客观方面的难题，但是我们也坚信随着响堂山石窟宝贵历史价值的凸显和我们对响堂山石窟价值认识的不断加深，主观上的困难会在我们的努力克服之下不断减小；而随着国际、国内科学技术的发展和学者们不断创新应用新的研究技术和石窟保护、开发技术，对响堂山石窟的研究和保护的客观难度也会不断减小。当前，我们已经勇敢地、有远见地走出了第一步，我们也对未来的进步充满信心。与此同时，为了让我们的信心不是盲目自信，我们在通过充分的调查，总结了响堂山石窟在保护、开发以及科研过程中存在的种种问题和困难的基础上，有针对性地提出建议，争取在对响堂山石窟的保护和研究中有的放矢、事半功倍。

第五章　响堂山石窟艺术的现状

响堂山石窟从开凿至今，经历了千年的岁月。在这千百年之间，由于受到地质环境变化和人类活动的影响，响堂山石窟的壁画、造像和刻经等都受到了不同程度的损害，部分壁画出现地仗脱落、空鼓和酥碱等问题。这些都不利于对响堂山石窟艺术珍品进行保护和开发。在这一章中，我们将主要分析响堂山石窟的保存现状、保护现状和开发现状，以便于我们能够充分了解响堂山石窟现在面临着怎样急需科学维缮和开发的处境。首先，我们从响堂山石窟的保存现状及其原因说起。

第一节　响堂山石窟的保存现状

一、破损

1. 自然原因

导致响堂山石窟遭到破坏的第一个自然原因是雨水侵蚀和自然风化。这些都属于非人力可抗拒的自然因素，对石窟的损害也最为严重。由于鼓山地区地壳活跃的地质原因以及四季气候的差异等因素，响堂山石窟经历了一千多年的风吹雨打，阳光暴晒及地震活动之后，侵蚀石窟的自然病害越来越严重。接下来我们就从气候和地质两方面来加以分析。

从气候上来说，邯郸地处暖温带，属半湿润半干旱的大陆性季风气候，四季分明。此地春季风多干旱，夏季炎热多雨，秋季温和凉爽，冬季寒冷干燥。春天是风沙集中出现的季节，但其他季节也会有风沙出现，这就导致石窟内的物质受自然界风力的侵蚀较多，损坏现象十分严重。

另外，从年平均降水量来看，邯郸的春、秋、冬季是一年里的少雨期，而夏季则是一年里降水较集中的时期，特别是七月中旬以后，太平洋副热带高压脊线西伸北抬，雨带北进，受其影响，全市开始进入雨季盛期，8 月中旬以后，副热带高压脊线南撤，雨区南返，雨季也随之结束。炎热多雨的夏季极易在石窟内部形成湿热环境，而其他三季气候相对干燥，湿热的状况会较轻，气温四季不断变化，石窟内壁画受其影响，便开始产生空鼓等损坏。而石窟受到雨水侵蚀后也会发生一系列的反应，比如，常用于壁画、建筑彩绘文物中的胶结材料（蛋白质）会老化变质，蛋白质的霉变流失会导致彩绘颜料脱落、掉色。

石窟渗水的损坏问题，多是由雨水、河水、地下水及其他水源造成的，近年来这个问题也比较突出。如果遇上强降雨天气，洞窟内的相对湿度会持续一段时间，有时甚至会超过临界值，引起石壁上盐分的溶解迁移，对壁画的保存都造成潜在危害。总之，自然降水、河水和地下水等造成石窟的渗水、漏水和积水问题，对于石窟的保护工作构成了严峻的挑战。

从地质条件来说，石窟的基底构造是影响侵蚀作用程度的一个因素。邯郸平原区为第四纪地层，受山前冲积物影响，有黏土、亚黏土、亚砂土夹砂层，所以该地区呈现的主要岩性为沙砾石层。由于响堂山石窟开凿岩体为钙泥质或泥质弱胶结的砂砾岩体，受岩石所处自然环境及开凿岩体性

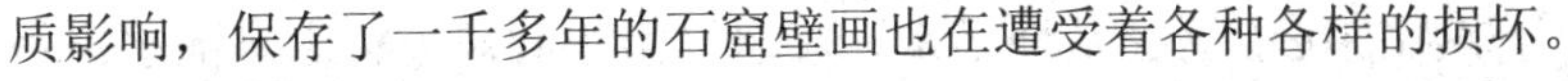
质影响，保存了一千多年的石窟壁画也在遭受着各种各样的损坏。

图 5-1　被侵蚀的墙壁

正是由于土质、岩性的原因，在经历暴雨时，响堂山石窟很容易出现崩塌和陡边坡岩体失稳的现象。从物理学上来看，在开凿崖体的裂隙中，或多孔性材料的孔隙中，常填充有水分，当外界温度下降到零度以下时，水会冷冻结成冰，水结冰时体积会增大，体积增大就会对崖体裂隙产生巨大张力，使得岩石裂隙加宽、加深。冰体会在白天气温回升后融化，水会沿着扩大了的裂隙渗入岩石内部，继续进行冰冻风化。当气温在零度上下剧烈波动时，填充在岩石裂隙中的水分时而冻结、时而融化，在水的反复作用下，岩石裂隙不断扩大加深，直至最后崩裂。

石窟壁画的保护也受到岩体中水分冰冻风化因素的影响，与地仗层接触的岩体表面或岩体下层水分蒸发，就会导致壁画酥碱损坏的发生。所以，岩体中的水分及水中的可溶性盐是导致壁画酥碱改变发生的基本条件，而水分来源的可能途径是地下水、降水、河水和窟前树木浇灌水。水流过之后，部分盐分会滞留在石窟表面，这些盐碱最终就会一点点地腐蚀壁画。导致响堂山石窟遭到破坏的第二个自然原因是微生物侵袭。微生物的侵袭会导致石窟内出现苔藓遍布、木架腐朽不堪等损坏，甚至会发生壁画大面积脱落、起甲、酥碱、烟熏、发霉、变色等，还有可能导致木构窟檐或其他附属古建筑开裂、腐朽、松动等损坏。微生物是自然生态系统的重要一环，当生长环境适宜时，微生物就会迅速繁殖。由于夏天炎热多雨，石窟内部受当地气候影响形成湿热环境，微生物就能够快速繁殖生长，给石窟保护带来非常不利的影响。湿度是微生物生长环境的一个重要指标，石窟内空气湿度大，就会极大促进微生物霉菌生长、繁殖和传播。洞窟壁画及造像表面的微生物和霉菌如果显著增加，就会引起洞窟壁画的表面生长霉斑，严重的可导致壁画霉烂、腐朽。另外，壁画的制作原料中含有蛋白质等物质，这些物质又会成为微生物的食物来源，这样的状况如

图 5-2　浮雕飞天

果持续下去，壁画就会不断地被破坏。

除了生长繁殖，微生物还有代谢。微生物的繁殖及代谢产物能直接造成颜料色度的改变，而且代谢过程中产生的有机酸等会对颜料晶体颗粒的晶形造成破坏，代谢形成的草酸钙等会使色板颜料层中的钙含量增加，微生物附着后产生的有机酸还会长久地腐蚀雕像，造成持续性的损坏。所以，微生物的代谢对壁画颜料的影响很大。

导致响堂山石窟遭到破坏的第三个自然原因是动物活动。石窟前的植物会吸引部分动物尤其是昆虫前来。昆虫对石窟的危害主要表现在以下几个方面：昆虫的成虫在飞行过程中如果触碰到壁画，会使原本濒临剥落的壁画脱落；昆虫的分泌物不仅会污染壁画，而且其分泌物中的水分会与壁画上的可溶盐、颜料成分等发生一定程度的化学反应，加速壁画的褪色，甚至会造成颜料层的脱落及壁画起痂。石窟壁画的地仗和颜料层本身就含有大量的碳酸钙与硫酸钙等，制作壁画时又在颜料和地仗层中添加天然有机胶结材料，如动物胶或植物胶，在材料方面为昆虫提供了食物来源，残留在壁画表面的昆虫分泌物中的酸性物质与石膏、石绿等颜料作用而生成草酸钙和草酸铜。这些盐类在与壁画颜料、地仗、空气作用的过程中，都会对壁画产生腐蚀作用。而成虫排泄物还会在壁画表面形成一层致密的胶状物，其在干燥失水的过程中，会使壁画局部张力增大，导致下面的颜料层与其他颜料层开裂分离，最后引发白粉层、地仗层的脱落。

石窟区也有其他的一些小动物，比如鸟类、爬虫等。鸟类筑巢和排泄粪便都会降低石雕的外观美感，而要在不损伤石雕的情况下，清洗这些粪便和鸟巢是一个艰难而长期的工作。小动物在洞窟中随意攀爬，或在洞窟中构筑巢穴、排泄粪便、产卵等，都会对造像和壁画构成破坏，如壁画地仗空鼓、大面积剥落，壁画表面出现抓痕、色彩脱落，造像和壁画会被各种排泄物腐蚀、破坏。小动物活动还会在石窟内石刻、纹饰上留下痕迹，日积月累，文物的损伤痕迹就会越来越严重。虽然有关部门也做过一些防护工作，但对于鸟类、昆虫类和其他小动物，仍然没有办法做到完全与石窟隔离，因为石窟内外所处的环境存在生物多样性，这是人力所无法阻止的。

导致响堂山石窟遭到破坏的第四个自然原因是植物生长。石窟区植物可以对石窟起到一定的保护作用，但同样不可忽视的是植物生长带来的不良影响。令人称奇的是，植物生长对文物也有腐蚀破坏作用。

石窟区内生长的树木需要浇灌大量的水，浇灌和蒸腾就会改变周围环境的相对湿度，使石窟区的土壤和空气保持在相对湿润的状态，湿度变化会对石窟文物造成不良影响。在石窟区种植树木又是必需的，植物会降低风沙对石窟的影响，改善石窟区的自然环境。而且有研究表明，木本植物根系较深可以由地面向下生长到几十米，对石窟区遗址的危害很大；但草本植物可以固着沙土，减少风力对土壤的侵蚀。植物的存在有利有弊，如何在损害石窟区生物多样性的情况下，减少石窟区植物体的危害也是当前面临的一大难题。

石窟区适当进行绿化可以使区域内空气相对湿度增加，而湿度会给石窟带来较大的影响，因为它是文物保护中比较重要的指标。首先是湿度大会加剧壁画的酥碱。由于石窟前林带强烈的蒸发作用，散发出的水分在石窟内外空气交换的作用下，高湿度的窟外空气进入窟内，在夜晚温度急剧下降后，转化为凝结水吸附在壁画上，从而为壁画的酥碱创造了条件。

有研究表明，高湿度环境是引起古代铅颜料变色的必要条件之一，相同光照条件下，当铅颜料放在不同的相对湿度环境中时，发现在干燥环境下相对稳定，随着相对湿度值的升高，变色速度明显加快。

2. 人为原因

响堂山石窟不仅会受到自然环境的影响，还受人类活动的影响，石窟破损也有一些人为原因。我们从石窟的历史发展进程、不同阶段把石窟破损的人为原因划分为三方面：千百年来的历史伤害，近代的盗凿和贩卖和现代无意识的损坏。

首先是千百年来的历史伤害。对响堂山石窟产生重大影响的历史事件就是四次灭佛运动。“三武一宗”的灭佛运动都是自上而下大规模地抵制觉悟，而石窟、石雕属于觉悟造像，在当时的环境下必然受到一定程度的破坏。

最高统治者发起灭佛运动的原因，主要有如下几个方面：第一，是经济层面的考虑。由于寺院经济的勃兴，觉悟寺院占有大量土地和劳动力，削弱了国家赋税和兵役的来源，对封建统治造成了极大危害。世俗地主集团与僧侣地主集团之间的矛盾越发尖锐，于是统治阶级便有了毁法灭佛之举。但是觉悟往往废而复兴，寺院经济频繁过度发展的问题并没有从制度上得到根本解决。第二，在思想层面上，灭佛的实质是觉悟与中国思想流派儒家或道家斗争的结果。当思想冲突超出理论争辩的界限时，就会演变为政治上的限佛、灭佛。觉悟凭借自身的宗教哲学体系，不断挑战着中国传统儒家和道家思想的地位，在向中国传统文化接近的同时，觉悟也在碰撞中改变着自己的思想形态。

中国两千多年来封建社会的社会意识形态基石是儒家思想，而觉悟作为外来文化在很多地方与儒家的纲常伦理相背。在这种文化冲突的背景下，觉悟在中国历史上的传播发展，无论是在盛世，还是在乱世，常常会与最高统治阶级发生根本上的利益冲突。这种冲突来自许多方面，既有经济利益上的冲突，也有政治上的冲突，还有意识形态层面的矛盾。“三武一宗”灭佛运动正是这些冲突的总爆发。

灭佛运动的爆发有普遍的原因，灭佛所采取的手段策略不尽相同，这与君主灭佛前对觉悟态度的不同相关。北魏太武帝和北周武帝在灭佛之前都曾礼佛，后来，诸多原因导致他们又反对觉悟；而唐武宗则是因为个人信仰的原因发起灭佛运动；后周世宗则是由于政治观念的原因一开始就很排斥觉悟。这些个人原因会影响君主的灭佛措施。历史上的这四次灭佛运动对石窟艺术的损害极大，首先是暴力破坏，一些觉悟造像可能直接就被摧毁了；其次是间接的损坏，因为当时的抑佛政策，石窟的修复与保护便被叫停，缺乏专人管理与修缮，自然作用所带来的破损无法及时修补，由此造成无法弥补的伤害。

其次，对响堂山石窟造成致命损坏的另一个人为原因就是近代的盗凿和贩卖。响堂山石窟在 20 世纪初遭受了严重的人为破坏，盗贼将觉悟造像的头部盗凿而去，大多数雕刻精品都散落到了日本和欧美各国。

20 世纪初期，国力衰微，政治腐败，社会黑暗，腐朽的清王朝覆灭后，北洋军阀袁世凯窃取辛亥革命的胜利果实，中国社会呈风雨飘摇之态势，在这种情况下，精美的艺术宝库无人监护，国宝纷纷流失到世界各地。浓缩了全部中国造像史精粹的石窟造像，遭受到了最为集中和疯狂的破坏和盗取。一尊北平彬记古董铺精工仿造的云冈佛头在民国年间的售价竟高达 3 万美元；龙门宾阳中洞可资考证古代衣冠服饰、典章制度良多的北魏极品浮雕《帝后礼佛图》以 14000 块大洋的代价被劫夺出境；若非第一次世界大战的爆发，同为北魏皇室开凿的巩义市石窟将以“三千金”的低廉价格被整体出售；天龙山魏齐隋唐累世的造像精品更是被日本古董巨头山中定次郎一举囊括，流失石佛占造像总量的比例竟高达 82%；更有甚者，四川广元石窟竟因民国 25 年修筑川陕公路而被炸毁大半……响堂山石窟凝聚着无数北齐艺匠毕生的心血，同时也代表同时代皇家造像的最高成就，却是在 20 世纪的头十年就已惨遭盗凿。在这之后，官商勾结，绝大多数精品遂流散异邦，南北响堂十座主要洞窟北齐造像中头部保存完好者竟仅余南响堂千佛洞的二尊胁侍。

图 5-3　残存的佛头

在南北朝民族大冲突、大融合的时代背景下，北齐时期的觉悟造像受到域外艺术的影响，在雕刻技法与雕刻理念上的大变革与大突破，给后人留下了弥足珍贵的立体雕刻典范；全面摒弃北魏遗风的北齐一带异域匠师参与创造的造像模式在雕塑史上起到重要的承前启后作用；抑或酷爱中亚文化艺术的北齐皇室勋戚开凿的响堂山石窟特别凝聚的中亚风格与袄教因素在中国的石窟中非常特殊，仅仅站在造像史研究局外人的立场上，尚不及做任何知性的理解与分析，但是其艺术的魅力就足以将驻足于造像前的观者彻底地征服了。就仅是美国旧金山亚洲艺术博物馆典藏的来自响堂山北洞中心柱南壁主尊的那只佛手，其所体现的雕刻技巧，蕴藏的宗教美感又何尝不是能够直指人心的呢？握持帛带的左手并没有何印相，故而工匠更能打破仪轨藩篱自由发挥。五指布局谋划深蕴匠意，拇指轻扣无名指，食指、中指次第屈伸，小拇指蜷靠于无名指侧，整体呈兰花式的造型，不啻为一朵含苞待放的肉体花朵。更兼这只佛手雕工精妙，比例恰当，屈伸得宜，工匠将质感生硬的石头塑造成温润柔滑的肉体，实为难得！特别值得注意的是，五指的末端指节微微外翘，迥异于现实世界中成人僵直的指头，蕴藉制衡灵动的浊世之美。指节外翘是儿童独具的生理特点，医学上称之为过伸现象，古代的匠师以孩童的躯体特征移植于诸佛菩萨，不外乎是期冀能赋予神像孩童般的纯粹天性，有儒家“大人不失赤子之心”的意趣。然而，这些遭损毁的石窟造像，后来被盗卖到世界各地，有的造像身首分离，佛头流失到国外私人藏家手里，身躯则留在了国内。响堂山石窟造像之精美令人交口称赞，但那些难以数计的觉悟造像，被盗贼从脖颈处切断，伟大的艺术瑰宝变成了没有头的残躯，觉悟造像的破损，怎能不让人感伤惋惜。

图 5-4　中心柱南壁主尊佛手（现藏于美国旧金山亚洲艺术博物馆）

提到流失海外的响堂山石佛，就不能不提及活跃在 20 世纪国际古董舞台上几乎可以与中国文物画上等号的商业巨子卢芹斋，因为响堂山石窟中绝大多数名品皆由卢芹斋经手流散出境。有学者称卢氏经手的中国文物足以武装起一座国家博物馆，我们甚至可以立即轻松地依据他所展售的雕刻撰写出一部翔实生动的中国雕刻史来。援引国民党元老张静江为奥援的卢芹斋，他那颇具传奇色彩的发迹史不啻为一部中国雕刻流散异邦的心酸史。据说晚年的卢氏亦曾幡然醒悟，以艺术没有国界、造像在海外博物馆得到了妥善保护云云为自己开脱辩护。卢芹斋，和我们一样不过是天地逆旅中再渺小不过的匆匆过客罢了，然而他所染指的流散国宝却荷载着怎样丰富的古代文明呢？他悔悟或者不悔悟，响堂山石窟造像流失全球已成为令人心痛的、不可逆转的事实。

2009 年 9 月，一个小型的“响堂山石窟造像特展”在纽约曼哈顿上东区的纽约大学古代世界研究所举办，这个展览的组织方是芝加哥大学斯马特博物馆和阿瑟•赛克勒博物馆。展品——部分响堂山石窟造像目前被纽约、芝加哥、伦敦等地的博物馆或大学等机构收藏。几乎所有参观过响堂山石窟的人，都会对其精美的艺术品惊叹不已，然而这惊叹声中也常常夹杂着对佛像残破的叹息。这些觉悟造像为什么只有身躯而没有头？由于当地记载缺失，原因无从寻觅，大家只能猜测这些造像的头究竟去了哪里？纽约响堂山石窟造像巡展，终于给响堂山石窟造像无首之谜找到了答案。

20 世纪初期的中国战火弥漫、动荡不堪，衰微的国力、混乱的社会秩序使得无人监护的精美艺术宝库被国内许多不法分子以极为低廉的价格非法售卖，流失到世界各个角落。响堂山的诸多精美觉悟造像惨遭身首分离的厄运，佛头流落到世界各地，被许多艺术家和博物馆收藏和供奉起来。

图 5-5　响堂山石窟佛手像（现藏于美国大都会博物馆）

响堂山艺术珍品就这样流失海外，令我们感到万分心痛。艺术珍品所代表的是一个国家的历史成就，所蕴含的是国家特有的文化，它在与本土历史、地理相结合后才能展现出它最完美的姿态，融入本土环境后才更能显示出它的历史的价值。响堂山石窟艺术珍品被贩卖出国、流失海外，使得原来的文物不完整，破坏了原本造像时比较注重的整体性。响堂山艺术珍品所代表的是中国文化，是当时特殊历史背景的产物，并不能因为它现在流失海外了就不在关注。那段灰暗而国力衰弱的时期，我们没能守住那些艺术品，但是那些艺术品仍然属于中国，因为艺术品中蕴含的是中国元素，它的创造者也是中国人。

最后，步入现代社会以后，现代人热衷旅游的休闲生活方式以及文化遗产保护意识不强，无意间使响堂山石窟艺术遭受了许多破坏。近年来，由于人口快速增长，全球工业化进程加快，气候变暖加剧，响堂山地区也遭受着现代工业废气、废水带来的盐碱化威胁，这些损害正直接或间接地

图 5-6　流失国外的雕像

影响着石窟的保护工作。历史文物具有不可再生的特性，历史遗迹一旦消失，就是全人类的永远损失。科学地保护文物，并最大限度地延长文物的寿命，是全球文保工作者的当务之急。文物保护工作是一门现代科学，它要求我们必须科学全面地认识文物，了解文物所处的外部自然环境，掌握导致其产生改变的机理，进而做到科学严谨地保护文物。

响堂山石窟壁画正在遭受多种自然病害的严重威胁，酥碱、疤疹等损害是因盐害产生的。盐害防治是一个全球性的文保难题，水分和盐分的变化是石质文物损害的主要成因，因此，研究导致盐害产生的水盐迁移过程非常重要。响堂山石窟周边的煤矿、铁矿开采和矿物质运输会产生含硫粉尘，这些粉尘被大量吸附在砂岩表面，吸收水分就会转化成酸性溶液，乃至增加砂岩孔隙硫酸盐的含量，加速砂岩的风化损坏。借助水分的迁移和聚散，盐分也发生转移、溶解和结晶，从而产生破坏石质材料结构的机械力。

图 5-7　窟内壁画

由于当地特殊的地理环境和邯郸地方经济布局的特点，再加之响堂山石窟地区矿藏丰富，对发展工业经济有巨大优势，因此，矿山开发和矿物运输问题始终不能避免，只重开发而在环境保护上有所欠缺的问题始终存在。工业发展的整个进程在忽视对石窟提前保护时都会对石窟造成不利影响。施工前，可能需要清理场地，甚至可能会用到人工爆破，从而导致粉尘产生，尘土飞扬时又可能使得粉尘附着在石窟造像上；开工时，这些工业生产和开采行为都会在不同程度上对石窟造成破坏；工地施工过程中的巨大震动会加速石窟内壁画等的脱落；采矿抽取大量地下水会引发地面沉降导致石壁开裂。缺乏无害处理的大量工业废水、废气直排户外，会导致严重的环境污染，酸雨问题日益严重，会对石窟造像及壁画造成严重影响。

响堂山石窟受水泥厂、发电厂、石灰矿等粉尘、有害气体的侵蚀已非常严重，风化问题也在明显加剧，这些都是环境污染对文物造成的巨大损害。因此，石窟的保护研究工作在近些年越发迫切，这是一项长期、艰巨的科学任务。

工业大发展、保护不足的环境是石窟受损的一个原因，此外，从石窟受损中也可以看出一些人类活动的影子，而这些人类活动中最突出的是旅游。旅游带来的环境危害也是亟待重视的问题。响堂山个别洞窟空间狭促，大量参观游客涌入后，会导致洞窟内二氧化碳含量严重超标，给壁画带来潜在的危害。这主要是因为旅游环境容量受空间、生态、社会发展状况、当地居民的心理承受力的制约而很有限，并不能够无限制地接纳人员进入，并非旅游人数越多越好。旅游人数太多，旅游容量超载会给石窟地区带来重负荷，会对文物造成破坏。重负荷主要表现在：一是过度重视旅游而扩大游客活动区域，为开放增加游客设施，缩减文物所占范围，减少石窟区植物量，从而出现裸地日渐扩大，小面积生态系统退化的现象，对洞窟的保护带来负面影响；二是参观人员数量多，造成空间狭小的洞窟“过度疲劳”，且进出频繁，会加速石窟内外气体交换，破坏原有的气体环境；三是触摸、拍照、刻字等行为造成“文物变质”，触摸使得原来濒临脱落的壁画脱落，使原来的颜料色彩变淡，拍照改变了石窟造像的光照环境，强光刺激不利于文物保存，一些游客甚至会直接在墙上或在石雕上刻字，严重破坏了石雕美观。

在旅游过程中，游客的不文明行为，比如随地大小便、随口吐痰、乱扔杂物、倾倒垃圾和污水等问题，似乎表面上没有损坏石像，但是这些行为在无形中对石窟造成了伤害，破坏了石窟的内部环境，加大了石窟内的清理难度。

人类的某些活动间接上对石窟造成破坏，比如燃烧树叶、荒草和垃圾的行为。燃烧会使灰尘飞扬、附着在石雕上，不仅难以清理，还会成为石窟雕像的腐蚀物。另外，人们会在节日时燃放烟花爆竹，无论在石窟保护区内还是外都对石窟产生不利影响，因为爆竹会造成地面小幅震动，但是对于本就非常脆弱的石雕来说就是巨大的伤害，加速空鼓的地仗层脱落。

图 5-8　残存佛像

可以说，我们国家学术界对响堂山石窟艺术开始关注的时间和政府开始重视保护响堂山石窟的时间并不晚，但是由于响堂山石窟历时太久，在千百年间遭受过太多来自自然和人为因素的破坏，而且我们虽然重视响堂山石窟艺术的时间比较早，但是由于响堂山破坏情况比较严重，而我们又没有掌握足够先进的科学技术手段来对响堂山石窟进行保护，所以响堂山石窟艺术现在的保存状况并不尽如人意，还有很大的发展空间。下一节，就让我们更为详细地来探讨一下响堂山石窟的保护现状。

第二节　响堂山石窟的保护现状

从主观意识方面来看，近年来各地都加大了对石窟等文物的保护力度，在不断增强对文物的宣传保护意识。国家文物局考察组曾对响堂山石窟进行实地考察，高度肯定了响堂山石窟的保护工作，并重点强调了“保护为主、抢救第一、合理利用、加强管理”的文保方针。这是国家对地方文物保护工作的重视，但是地方仍然存在重视程度不够的问题。响堂山石窟所处地区由于侧重发展工业经济，而对文物保护重视程度不够，引导宣传不到位，也就很难形成合力共同保护文化遗产遗迹。

大遗址保护是近几年中国文化遗产学界提出的先进理念，各地对大遗址保护的探索与实践目前正处于初级阶段。大遗址开发所涵盖的经济、社会、生态、环保、旅游等诸多潜在价值，还没有被很好地挖掘出来，特殊的文化资源优势还未成为地方发展的经济优势，加之大遗址保护周期长、投入多，有关部门对加强大遗址保护的重要性认识不到位，宣传滞后，致使大遗址保护工作很难列入当地政府的工作议事日程。

主观意识中的保护意识更是石窟保护中的重要一点，但是现在我们发现保护意识并没有显著提高。群众对于石窟会有精致美丽的评价，会感叹其鬼斧神工，观念上更是把石窟作为旅游景点，而对自己作为游客游览石窟应同时具备的责任与保护意识不足。对于减少石窟的损坏的要求，会把它作为有关部门的事，而对自身缺乏约束，不懂得石窟保护的相关知识。这与游客自身有关，没有去查阅保护知识，但也与政府部门有关，政府有关部门缺乏对石窟保护知识的有力宣传，响堂山石窟作为旅游景点被开发出来，但是开发之后的保护不够及时，从意识上就没能重视起来。另外，在制度化保护措施的制定和执行方面，也存在着许多问题。

措施制定方面，石窟保护工作有相关的规范，但是规范、措施的制定不够科学、不够完善。响堂山石窟受重视程度不够，相关的保护条例和规范较少，缺乏硬性的工作要求和标准。文保工作随意性较大，而且各项工作之间缺乏联系，专业技术人员虽然做了大量的保护工作，但工作的科学性还有待加强。而且，各级管理人员和文保工作人员学习研究《中国文物古迹保护准则》的力度不够，保护准则的引导作用还有待进一步发挥。

改革开放后，随着经济的快速发展，文物保护和旅游开发之间的矛盾越来越凸显。1997 年，为了应对日益严峻的文保形势，国家文物局与美国盖蒂保护研究所、澳大利亚遗产委员会合作编撰了《中国文物古迹保护准则》（以下简称《准则》）。在《准则》的起草过程中，为了验证其可行性和权威性，1999 年，敦煌研究院与美国盖蒂保护研究所、澳大利亚遗产委员会以莫高窟为例，以《准则》为指导，制订了《敦煌莫高窟保护与管理总体规划》，历经多次研讨修改，形成了新中国第一个在《准则》指导下的遗址保护与管理总体规划。《敦煌莫高窟保护与管理总体规划》的制订，为国内的石窟保护工作建立了科学模式，经过多年的积累和研究，莫高窟保护规范在不断健全、完善。但这些好的遗产保护案例，还没有引起响堂山石窟管理方的太多关注，他们仍然只是依照惯例在做一些加固保护工作，优秀经验和先进做法还有待引进学习。

云冈石窟保护条例则是根据《中华人民共和国文物保护法》《中华人民共和国文物保护法实施细则》等法律法规，结合大同市实际制定出来的。大同市对云冈石窟的保护高度重视，作为具体措施的保护条例，为石窟保护提供了法律指导与法律约束。云冈条例规定得较为详细，对不同部分分开管理，将石窟保护范围进行了科学划分：绝对保护区、重点保护区和地下安全线，出现对石窟造成损害的行为就严加制止。

详细而科学的规范对于文物保护工作是必要的，正所谓“磨刀不误砍柴工”，规范条例的制定能为文物保护工作提供科学指导，统一工作思路，提供工作遵循。《准则》制定后，保护工作严格按照《准则》的编制规划和内容顺序，依次进行洞窟背景资料的收集调查、价值评估、保护现状评估、管理评估、洞窟保护项目目标和对策的制定等全部工作程序。

与此同时，按照石窟保护规划的要求，全面开展洞窟保护项目的工作实践，逐步建立起洞窟保护工作的科学模式。石窟保护规划的制定，能极大提高各项保护工作的水平，各项文保专业技术也能有机结合，搭建起石窟保护工作的完整体系，石窟保护工作必将更加规范化和科学化。

《准则》的及时制定也能让文保工作人员认识到工作的差距，积极学习先进的保护和管理理念，养成科学的保护理念。需要指出的是，文化遗产保护是一项复杂的系统工程，保护工作当中的片面性、随意性和盲目性必须要避免，必须建立并遵循科学规范的工作模式和操作方法。每一项具体保护工作都是整体工作中的有机组成部分，只有按照统一的规划部署，协调做好具体工作，才能完成全局的保护。

在文物保护的实践方面，文保工作人员重视洞窟维修工作，如重修前室、修建窟檐等活动，这些重修、加固等措施有效地阻止了阳光的直射，减少了风沙的侵袭，对保护洞窟壁画意义重大。伴随着时代的变迁和社会的进步，文物保护工作的理念也在不断更新，虽然各时期人们对文保工作的理解并不相同，每个人也有自己的文保理念，但保护工作是永久的且必须是可持续的。基于当时当地的技术，在条件允许的情况下，尽可能保持文物对象的整体性和一致性，我们就能够做好文物保护工作。

这样的成功案例屡见不鲜，以敦煌莫高窟为例，在人员不足的开始阶段，敦煌研究院对石窟只能进行零星修补，到后来进行整体的加固抢救工作，再到近些年科学的保护和预防，一直到现在敦煌研究院已经完成多个自然科学基金科研项目，并且与美国、日本等国机构完成了多个国际合作项目，为莫高窟文化遗产的保护工作作出了巨大贡献。

图 5-9　敦煌莫高窟

半个多世纪的莫高窟保护工作实践，探索出了一条文保可行之路，也取得了卓越的工作成绩：完整的遗址管理制度已形成；洞窟的崖体被很好地加固；新技术不断应用于石窟壁画的修复；完整的治沙系统打造成功；壁画损害机理基本弄清以及旅游参观政策及对策也已完备。

响堂山石窟的保护工作也许没有莫高窟完善，但是它确实也在不断进行着。比如加固处理，不仅在于这是文物遗址的重修、管理过程，还在于在附近工程运行前对石窟的保护工作的重视。在进行响堂山石窟——常乐寺塔修缮工程的设计方案中就提及，塔基加固前对塔进行一定的保护处理，并采取临时防护措施，防止施工对塔的影响；勘察时要对砖和灰缝的强度进行测试，作为制订方案的技术依据；七、八层钢筋混凝土暗箍改为不锈钢明箍，下层每两层设置一型钢圈梁明箍，提高塔身的整体性和抗震性。但是，响堂山石窟保护工作也存在执行不到位的情况。当石窟破损后可能会因为行政程序繁杂、资金不到位、技术不成熟而使石窟未能得到及时的保护，对于石窟可能遇到的危险情况估计不足。

自党的十八大以来，习近平总书记站在实现中华民族伟大复兴中国梦的战略高度，多次指出文化创新的重要性，他指示要“把继承传统优秀文化又弘扬时代精神、立足本国又面向世界的当代中国文化创新成果传播出去”。聚焦当下，通信技术发展迅速，跨界融合、创新发展成了新常态，全球文化遗产保护事业也呈现新面貌，“数字遗产”的提法越来越被认同，而且国内很多文化遗产项目都积极开展“数字化”探索。成功的实践经验、有效的新技术都需要及时总结、推广和研究，以更有效地发挥新技术在文化遗产保护、传播和教育上的作用，让文化遗产重拾活力，重现自身价值。

目前，经典的处理技术仍然在艺术复原技术上占主导地位，现在被广泛使用的商业软件，如 Photoshop 等，为使用者提供了一些常规的图案创作和图像处理的方法。与此同时，越来越多的计算机工作者和艺术家们发现，计算机艺术复原领域有很多经典图像处理方法解决不了或存在处理效果不尽如人意的问题。通用的商业软件针对不同领域的复原要求，通用功能显得相当有限。

目前，计算机艺术的理论研究与应用技术之间存在较大的差距，理论研究相对超前；应用技术缺少成型的理论模型指导，对艺术创作过程的深层模拟研究仍处于理论探索阶段，技术应用注重新的艺术作品创作，而对传统艺术作品的修复和保护考虑较少，在技术上主要依赖计算机图形学，对多媒体和智能技术的集成考虑较少。总之，目前对艺术修复研究，形式上基本是人机交互，技术上基本是图像复原技术，因此存在很大的局限性。

过去很长一段时间里，石窟保护使用的是传统人工艺术复原，由有经验的专家直接在艺术品上进行复原，操作不能出现失误，艺术品被损坏的危险性就非常大，而且不是所有的艺术品都能够被人工复原。相较之下，现在的计算机艺术复原可以利用计算机的虚拟性和可重复性，艺术工作者可以对任何一件艺术品的照片或模型进行虚拟复原。而且整个复原过程不存在任何损坏艺术品的危险，也没有时间上的限制。计算机艺术复原可以作为实际复原工作的参考，以减少实际复原工作的风险。而计算机艺术复原的结果是艺术作品的数字文物保存版本，不但易于保存和复制，而且可以供世界各地的人欣赏。

21 世纪的文物保护工作虽然已经进入科技化、数字化、网络化阶段，但新技术的应用仅停留在数字图像处理和虚拟表达上。实际上，文物保护更重要的是记录文物原始的三维信息和纹理信息，获取真三维真纹理的数字模型，不仅要实现三维表达和展示，更主要的是为文物修缮和复原提供重要的数据和模型支持。目前，集成三维激光扫描、高分辨率 CCD 成像、GPS 定位、三维视觉等先进的空间技术，都能实时、主动、快速地获取文物的三维信息、纹理信息、文字信息，并进行多源数据自动处理、模型重建、数据管理与网络共享等工作，这些新型数字技术现已成为全球瞩目的研究焦点。

对石窟进行测量并绘图是考古研究、文物档案建立、保护设计、文化出版等的基础。以前多采用传统手工测绘，以完成对石窟的全方位系统测量。从这个意义上讲，对石窟文物的测绘全面与否以及实测图件精度的高低，决定了石窟文物保护管理工作水平的高低，有时甚至会成为文保工作成败的关键。因此，获得准确的文物测绘图是文物保护管理最重要的业务工作之一。

响堂山石窟以前采用的就是传统手工测绘，今天看来，这种测绘形式存在明显的缺陷，如接触文物本体测量，易对文物造成损害，速度慢、周期长、精度低、适用范围小等。其中还可能因为石窟群东西长度大、石窟壁面高，人工操作难度大而无法完成测绘，无法产生石窟立面全图。

响堂山石窟管理方自身缺乏足够的技术手段，而在吸纳其他单位的先进技术手段上又存在不足，主要是对先进方法的采纳不到位，没有重视引用最新技术。与响堂山石窟相比，其他石窟管理方在技术上都已遥遥领先。响堂山石窟所面临的文保形势非常紧迫，不断适应数字化的发展，积极引进吸收新技术才是正确的出路。

目前，国内外学者开展的数字化文化遗产保护研究工作，正如火如荼地进行着。例如，敦煌莫高窟的数字化保护已经持续了十几年，并取得了阶段性的成果。2014 年 1 月，敦煌研究院创建了六种不同形式的数字化展区，以此来展示敦煌石窟的艺术魅力。龙门石窟也在 2005 年开展了三维数字化工程。南京大学研究的三峡文化遗产数字化展出工程，为我国通过信息技术保护传承濒危文化遗产提供了有益借鉴。

当前，敦煌莫高窟已在国内率先实现了石窟三维数字化，它主要采用摄影测量和三维激光扫描相结合的方式。尤其是采用手持扫描仪对石窟、壁画、佛龛进行三维数字化研究，已经取得了很好的成果。现代科学技术

图 5-10　建筑模型

在石窟文物的抢救和保护方面，已经能够大显身手。然而，响堂山石窟的调查和测绘，一直都是困扰文物工作者的难点，目前尚没有全面系统的洞窟现状调查和测绘报告，文物保护和修复工作面临困难，三维激光扫描技术也许能为解决这一难题提供思路。

云冈石窟研究院将数字化与石窟保护相结合，利用虚拟现实技术模拟保护工程的各个步骤，对比收集洞窟修复前以及修复之后相当长一段时间内的图像信息，用于评估保护措施以及方法的有效性和时效性。石窟数字化后还可以模拟自然灾害对石窟的损害，如模拟地震应力对石窟的损害等。

1986—1988 年和 1994 年，国家建设部城市综合遥感与制图中心曾对云冈石窟部分洞窟进行了近景摄影测绘，绘制出洞窟实测图 87 张，其中 1986 年完成的部分测绘图，先后发表于《中国石窟·云冈石窟》和申报世界遗产文本《云冈石窟》中，其准确程度较高。事实证明，虽然近景摄影测量能够满足石窟寺准确测绘记录的基本要求，但由于云冈石窟规模巨大，洞窟形制多样，造像形式复杂，近景摄影测量在记录异面体较多的大型石刻造像时，产生的误差会较大，不能全面准确地记录石窟的实时面

图 5-11　云冈石窟的数字化保护

貌。虽然近景摄影测量存在诸多缺陷，但近景摄影测量技术的使用标志着云冈石窟的数字化记录时代已经开启。

响堂山石窟迫切需要先进的扫描与修复技术，需要数字化记录、数字化技术，这就可以吸收国内其他石窟的保护经验，采用最合适的技术来保证响堂山石窟不会损坏得越来越严重。毕竟时间拖延的越长，对石窟的修复保护难度就越大。

第三节 响堂山石窟的开发现状

响堂山石窟作为觉悟石窟艺术珍品，凝聚着中古时代重要的政治、经济、宗教、人文等史料信息。虽然响堂山石窟现在残损严重，但是我们已经采取了很多现代化的科学技术来对其进行恢复和保护。但是，我们同时应该注意充分发挥响堂山石窟的价值，这样才能使响堂山石窟作为历史的产物在现代社会高速发展的态势下找到立足之地，使它真正与当代的经济生活、社会生活和精神生活融为一体，成为我们生活中不可缺少的一部分，不仅如此，还要为我们的生活带来改变，使我们的经济和精神境界更上层楼。在过去的几十年里，我们也在不断地对响堂山石窟进行开发。在这一节中，我们将主要探讨有关方面对响堂山石窟的开发情况。

一、资金和管理方面存在的问题

响堂山石窟的资金来源主要是国家与地方政府的拨款，形成了文化遗产资源的垄断经营。资金来源单一，投资不足，导致响堂山石窟的开发力度不足。财物是进行文物保护与开发的其中一个准备条件，财物不充足就造成好多设备无法购全，一些措施没办法施行。响堂山石窟的专用资金有限，而且资金申请手续繁杂，容易产生资金到位不及时的情况，还有投入资金后石窟资源开发仍不见效或见效慢的情况。在这些方面应予以重视，希望在资金准备上有所改善。

另一方面，响堂山石窟作为国家文物遗址，管理保护资金由文管部门拨付，管理单位很少介入市场体制下的经济活动，缺乏市场营销手段，坐等游客上门，从不主动营销等问题突出。文物管理工作有其特殊性，需要根据文物的保存状态、存放位置和材料性质等来界定。

“在遗产经营的理念指导下，在一定区域内，文化遗产经营管理模式是指以文化遗产和自然遗产为旅游资源基础，能够满足游客游览观光、求知探索等旅游需求的经营管理模式，具体包含考古遗址、历史遗址、古陵墓、古城镇、古村落等旅游类型。”

文物遗址的管理模式选择应根据文物的类型来决定，政府垄断管理模式与市场参与模式，究竟该选择哪一种？应依据具体情况来定。响堂山石窟的管理是政府管理部门垄断模式，其资金来源单一，且资金不足，这就需要进行变革，引入新机制来确保经费充足。

在开发方面，开发传统文化遗产资源有两种模式：一是资源导向型，二是市场导向型，各有利弊。资源导向型模式的前提是文物景区的历史价值、文化价值、艺术价值、美学价值及知名度足以吸引游客的到来，无须相关的辅助开发，旅游开发商只要靠门票收入就能一劳永逸。采用这种开发模式的景区，市场化程度低，文化遗产的资源潜力不能完全挖掘，但好处是文物保护加强了。市场导向性模式则能极大地开发出文物景区的经济价值，辅之以各种旅游设施，但坏处是可能对景区原生态造成改变甚至破坏，是保护还是破坏还要看具体措施是否恰当，需要开发管理人员具有极高的专业知识与实践水平。

响堂山石窟的开发是典型的资源导向型模式，基本采用专门管理与地方政府相结合的管理方式，一个遗产资源拥有多个部门的管理者。各部门之间由于利益导向问题，造成管理政策差别极大，彼此权责模糊，管理效率低下，一旦出现问题，容易出现互相推诿的情况。

其他石窟在开发和管理体制上已经有所创新，保护工作和经济效益获得了双丰收。比如云冈石窟的开发管理模式，以文化遗产资源的性质与价值为标准，有效分区管理，在石窟区内以非营利为目标实行保护性经营，在云冈石窟娱乐区采取市场化的盈利性经营，这种模式既兼顾了云冈石窟的文物保护要求，避免了企业或地方政府的短期利益行为；又保证了云冈研究院一定的经济收入，有利于云冈石窟文物遗址的管理与保护。云冈研究院充分考虑到石窟资源的独特性、不可再生性及不可替代性，因此，云冈石窟的经营不能采用所有权与经营权分离的市场化运营，仍采取政府委派下的专门机构（云冈研究院）进行经营管理。

但“云冈模式”也存在一些问题：比如云冈景区旅游产品缺乏新意，市场营销力度不大，资源重组存在障碍等。针对这些问题，云冈石窟景区引进了部分委托和管理咨询等模式。

部分委托指的是云冈石窟景区可以将住宿、餐饮、区外交通、非石窟区的观赏娱乐、购物、通信、金融等营利性资源交由专业经营机构托管，整合这些营利性资源（食、宿、交通及配套设施），针对市场情况提供各种营销方案并付诸实施，同时根据石窟文化特点深挖文娱项目并大力推广，根据营业利润交税，云冈研究院对其经营内容予以监督和指导。

管理咨询模式是指专业经营机构以“外脑”的角色为云冈石窟的运营管理提供必要的咨询建议，这是一种全新的合作模式。在这种模式下，专业经营机构将根据云冈石窟的实际情况，组建一支项目团队，定期前往项目景区，对其管理团队有针对性地进行产品创新、营销模式、人力资源等先进理念的培训，加强知识教导和能力培养。云冈石窟研究院依据其方案效果逐年支付不同的管理咨询费用。这种新的管理模式克服了旧模式存在的问题，值得借鉴。响堂山石窟保护中心可以根据具体情况，借鉴云冈石窟的开发管理经验，从而探索出一种经得起实践检验的最佳管理模式。

二、环境与资源开发方面存在的问题

响堂山石窟旅游资源上重保护、轻开发，这与大的时代背景有关。21世纪以前，文化遗产管理单位的主要职能是“保护”，其次是为游客提供游览、观光、科普、益智等服务职能。然而，随着时代的发展，传统的保护职能早已不能满足游客的实际需求，游客前往文化遗产地参观游览是追求更高层次的精神满足和自我实现。需求层次的提升，倒逼文化遗产管理单位必须转换职能，升级服务水平，挖掘文化遗产资源的经济价值，在经营保护中以最低的成本提供最有效的服务，以服务质量的提升吸引更多的游客前来，从而获取最可观的经济收益。

造成轻开发现状的原因还与人们的观念有关。文化遗产区是保护还是开发？人们普遍持有不同的看法，因为存在观念上的冲突，所以开发与保护就成了一对不可调和的矛盾。有人认为，文物保护与旅游开发是始终对立的，如果要做旅游开发势必会破坏当地的文化遗产资源；反之，如果要保护一个区域的文化遗产资源，就要坚决禁止旅游开发。在这种非是即否的极端认知下，一些地方政府对待文化遗产资源的态度出现两极化：一种是放手搞旅游开发，竭尽所能夸大宣传以吸引更多的游客，增加当地的财政收入。在旅游开发过程中，随意迁改、拆分文物、增建人工设施等行为屡见不鲜。

另一种保护模式就是干脆将文物彻底封存起来，与人群相隔离。如此一来，这些文物不仅无法为人们生产知识，更无法在文化传承中发挥应有的作用。简单地封存文物既是对文物保护法的无知，还会加重人们的好奇心和探索欲，导致“探险”、盗掘等现象的发生，因此“真空”封存模式，不仅不能保护文物，反而还会造成更多的文物损失。

时至今日，文物保护和旅游开发二者早已是互相关联、协调共存的关系，这种共识已被文博界广泛接受。只要有科学的规划和良好的管理，适度的旅游开发不仅可以成为地方经济增长的新动力，还可以唤醒沉睡的历史文物，使之“开口”讲历史故事。如何才能处理好文物保护与旅游开发的关系？这个难题一直困扰着学界和商界。要想破解这一问题，唯有依据科学的指导方法，正确看待旅游开发与经济增长的关系，重视文物保护在旅游开发中的主体地位。

有的地方政府做法生硬，急于追求经济的高增长，不顾文物的保护和维修，对文物长期过度开发，这是经济短视行为，决不足取。短期内带来的经济效益，远远抵不上对文物的毁伤带来的经济损失。作为一种不可再生的文化资源，文物一旦受损就很难恢复原样，其损伤往往都是永久性的。关于文化遗产的开发，一定要在集思广益，充分研究，深入调查，探索制订出妥善可行的最佳方案，然后方可付诸开发实践。

响堂山景区的旅游开发，应该充分挖掘并利用本地的区位优势。响堂山石窟地处峰峰矿区，矿物资源充足，形成经济发展的一个巨大优势，于是当地政府抓住这一机遇，在过去很长一段时间内，极其重视工业的发展，对第三产业较为忽视，导致响堂山石窟及附近的旅游资源开发都不充分，周边景点对响堂山石窟的带动力弱，响堂山石窟目前的开发局面还只是单打独斗，没有形成“以点带面”或者“以中心辐射周边”的开发模式，响堂山石窟还没有成为邯郸周边文化遗产带的中心，其可供开发的文化资源远未充分挖掘。

响堂山石窟旅游资源开发现状不容乐观，具体说来，存在如下几个方面的问题：首先，文化品位极高， 开发程度较浅。响堂山风景区位于邯郸市西南约 50 公里处，邯郸是我国的历史文化名城，境内文物古迹众多，自然风景秀丽，就历史文化和艺术欣赏价值而言，响堂山石窟是该风景区的核心旅游景观。但从目前景区的开发情况来看，尚未形成完备的旅游服务与管理系统，旅游区内各项设施的建设有待完善，串联各景区的旅游线路还没有打通，而景区的旅游宣传工作也做得不够好。

目前，响堂山风景区每年接待的国内外游客不到十万人次，旅游开发尚处于起步阶段，景区的开发潜力很大。当前响堂山景区主要把精力和资金用在文物保护上，对石窟的修缮保护在技术已达到较高水平，但在石窟文化的研究方面仍有待加强。

其次，文化内涵挖掘不到位，旅游项目与服务内容单一。响堂山景区在文化游览项目上开发力度有限，大多数项目仅仅是对石窟、寺庙的观光，开发层次非常初级；缺少对觉悟文化的深入挖掘，比如觉悟义理、佛传故事、石窟的开凿背景、佛像艺术风格等，观光游客在参观石窟时因无法得到深层的文化熏陶，对觉悟石窟景点的向往就大大降低；景点导游的解说词仍多是对石窟外观的介绍，涉及觉悟中国化及响堂山石窟艺术风格的内容较少，游客能从中获得的觉悟专业知识少之又少。响堂山石窟景点也有一些觉悟僧人，但大部分专职从事开光、诵经、占卜等活动，与游客的互动交流很少，因此，响堂山景区的观光项目和旅游内容相对来说比较单调。总体来看，文化遗产资源开发程度低，旅游项目和观光内容单调，旅游服务产品严重老化，以至于景区员工“白天看庙，晚上睡觉”，石窟景区则是“文物多，风景少；看的多，玩的少；古的多，新的少；死东西多，活东西少”，旅游氛围乏善可陈。

依照目前的开发状况，响堂山石窟景点只能满足一部分传统游客的观光需求，而不能满足现代游客“休闲体验游”的新需求，这就是该景点游客和收入年增长率双双踏步不前甚至下滑的主要原因。

最后，响堂山景区重基础设施建设而轻员工教育培训，虽然景区内设有旅游专线，并整治了卫生环境，但响堂山石窟的软件建设却远未跟上，比如演播厅没有进行扩建，讲解员也未接受培训等，响堂山石窟文化内涵没有被展示出来。而其他不完善或者不尽如人意的地方还有很多，诸如景区间道路等次低，导览标识系统缺乏，综合配套设施不健全等。其中最令人不满意的当属公共服务基础设施，如游客中心、景区厕所等建设滞后，由此导致游客观光时舒适度和满意度低，差评随之而来。

三、知名度不足的问题

响堂山石窟知名度低。现在人们谈起中国的觉悟石窟，首先想到的就是敦煌莫高窟、云冈石窟、龙门石窟等知名石窟，与之相比，河北邯郸的响堂山石窟在知名度上还相差甚远。究其原因，响堂山石窟形象不突出、品牌不响亮、开发程度低是很重要的影响因素。在大多数人的心目中，邯郸峰峰是新中国最早的矿产基地，而邯郸作为早期的工业城市，其城市形象与旅游休闲关联较少，可以说峰峰的矿区形象早已深入人心，根深蒂固。

然而，邯郸峰峰历史悠久独特，此地不仅储藏着大量的煤矿资源，而且还拥有丰富的文化资源，我们只要努力付出，定能挖掘出其资源特色并充分开发利用。响堂山石窟知名度低也与现在的旅游模式有关，当前，响堂山石窟景区采用的是传统观光旅游模式，是旅游开发的初级阶段。传统模式的弊端非常明显：坐等游客上门，仅靠门票收入维持运营，

图 5-12　石窟外景

相关行业没有被拉动起来，游客来此观光形同走马观花，“到此一游”式的游览模式导致消费水平低，景区收入十分有限，但却给景区环境带来沉重的负担。

只有适时过渡到旅游开发的第二阶段——休闲度假式，旅游才能成为国民经济的支柱产业。旅游开发的第三阶段则是“观光休闲度假深度体验”式旅游，其特点是将当地的历史文化、民俗风情和社会生活融入旅游行程中，以丰富的休闲度假生活和深度体验产品满足游客的多样化需求，游客数量会增长，停留时间也会延长，由此带动参与体验、探险猎奇、健康养生等多种旅游项目的创立，旅游地产也会因此被催生发展。

目前，国内旅游产业发展较为成功的是丽江景区，旅游产业真正成为丽江市国民经济的支柱产业。响堂山石窟的旅游开发正处于第一阶段，游客走马观花式旅游完毕后就不再愿意重游一次，在对亲朋好友介绍时评价不高，很难造成轰动，很难激起他人的参观欲望，渐渐地，响堂山石窟就会被人们淡忘，其知名度也就越来越低。另外，响堂山景区在资源价值认识和宣传策略方面还存在诸多问题，由于缺乏专业的旅游开发和管理人才，故而以旅游开发为目的指向的宣传工作很不成熟。因此，要改善目前响堂山景区的开发现状，必须健全景区内的旅游设施，促进旅游产业向观光休闲度假游模式转变，同时还要加大宣传力度，提高游客的忠诚度，吸引“回头客”再来，面向国际全面打开知名度。

知名度的提高不仅需要基础设施的完备，还与实行的制度、措施有关。云冈石窟在这方面有成功的先例，依照《云冈石窟规划》和《大同市云冈保护管理条例》，云冈石窟开发管理部门在保护好文物的前提下，综合考虑资源开发与文物保护、经济发展的关系，使多方共存，相互协调，共同发展。他们依法合理制定旅游开发管理制度和措施，给前来参观的中外各界人士提供一个舒适干净、文明安全的环境秩序。

云冈石窟作为对外开放的窗口，保障游客人身及财物安全是首要工作。遵守《安全生产法》规定，在一些有可能发生人身伤害的部位设置警示标志，装设防护设施，如护栏等。在一些游客集中的地方和偏僻的场所，设专人进行防范，预防一些不法分子对游人进行诈骗或伤害。在五一和十一等旅游旺季，云冈石窟开发和管理者还制订“黄金周”、高峰期突发事件应急预案，消防安全应急预案等。此外，石窟历史文化还被积极地引入爱国主义和革命教育中，景区每年入伍新兵和入学新生提供数百人次免票参观机会，为社会主义精神文明建设贡献力量。制度与安全措施的制定与实行，使得云冈石窟口碑甚好，一些优惠措施更是吸引人注意。云冈石窟开展的精神文明建设活动顺应了国家号召，免票接待新兵、新生更是对国家人才的重视，这些活动切实符合国家要求，是积极的、值得支持的。响堂山石窟也需要开发新形式来获得游客青睐。

四、景区规划方面存在的问题

规划是景区旅游开发的首要工作。好的旅游规划能将文化遗产资源转化为旅游竞争力，打造地方旅游品牌，以点带面拉动城乡经济发展。景区规划必须以文化遗产的保护为前提，规划建设当秉持高起点、高标准、高站位，文化遗产资源的开发要有基本遵循，否则会导致景区规划脱离城乡整体规划，而走向无序发展的歧路。

景区规划当以核心景区为依托，以点带面拓展景区的吸引力，将城乡景点连成一个整体，打造文化遗产旅游目的地。目前，国内较成熟的景区规划已有很多，如海南的“国际旅游岛”、湖南张家界、浙江乌镇、贵州西江千户苗寨等，都是遵循整体规划理念，将一省、一地、一镇、一村视作一个大区域来进行规划。敦煌莫高窟的景区规划也有许多先进经验和好的做法，在旅游开发过程中，敦煌景区除了充分发掘文化遗产资源本身的价值外，还充分整合区域内的地质景观、民俗风情、历史遗迹、文化遗址等多种资源，充分发挥旅游资源要素的综合优势，大敦煌旅游经济区最终成型，成为带动丝路沿线旅游经济发展的重要力量。

响堂山石窟景区的规划要遵循“以点带面”的整体规划理念。规划之初就要突出精品，彰显特色，因地制宜，点面结合。整合原有的历史古迹和自然景观，将点、线、面汇聚成网格布局，景区间绿化配置要合理，历史古迹要与自然环境相协调。景区的总体规划布局要注意功能区分，根据景区景点性质、文化遗产组成、景观资源分布等特点，综合分析研判，可以将风景区划分为四个主要功能区：历史古迹游览区、人文景观游览区、水库观光游览区和自然景观游览区。

就目前的情况而言，响堂山石窟景区的整体规划没有被充分重视，文化遗产资源的开发没有侧重点，由于缺乏中心景观的带动，导致周边的文化遗产资源开发更加杂乱无序，无法形成“以点带面”联动发展的经济循环模式。响堂山景区规划中存在的这些问题，在后续的开发过程中都应该引起相关部门的高度重视。

第六章　响堂山石窟的保护与开发

第一节　响堂山石窟的保护

一、主观意识角度

从政府部门来说，要加大宣传力度，发放石窟保护的相关知识手册，宣传石窟保护的必要性。在宣传响堂山石窟的旅游特色时，也一并宣传游客在石窟保护工作中发挥的大作用与大影响，告知游客哪些行为应该注意，其行为又会给响堂山石窟和整个社会带来哪些影响，让每一位游客都能意识到文物保护的重要性是最终的目的。

响堂山景区管理部门也要加强文物法规的宣传工作，提高游客保护文物的自觉意识，减少文保工作的压力，促进文化旅游业的永续发展。访古求知是人们的天性，游览文物古迹正可以满足这一心理需要，这也使得文物古迹成为一项重要的文化资源，开发利用好这些宝贵的资源，就可以推动旅游经济的健康发展。在旅游开发过程中，由于自然力量的侵袭和不文明游客的人为损坏，响堂山石窟正在遭受着不同程度的破坏，因此加强文物法规的宣传教育工作，可以使游客自觉地爱护文物，让文物古迹以完好的形态呈现在游客面前是最好的旅游体验，这不仅能更好地吸引四方游

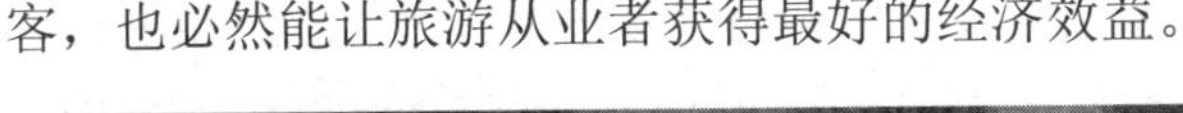

客，也必然能让旅游从业者获得最好的经济效益。

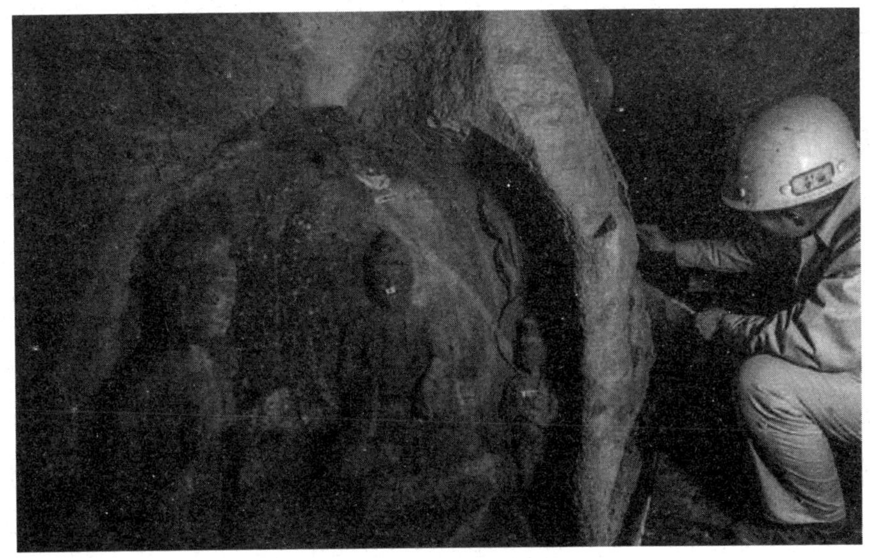

图 6-1　石刻的保护

从游客角度来说，应增强文物保护意识，多了解文物法规和文物保护相关资料，提高自身法律素质，争做“有理想、有道德、有文化、有纪律”的“四有”公民。希望游客们在了解景点时也了解一下相关的保护方面的知识，重视景点的保护，意识到在石雕、石像上刻字是不文明的行为，而且会损坏文物，破坏文物美观，应该严禁这些行为。意识对人的行为有引导作用，从心里重视起来，并积极地采取行动，每个人都能成为文物保护的使者，正如古语所言：“勿以善小而不为，勿以恶小而为之。”

另外，应该有环境保护意识。周边环境对于石窟是存在大影响的。环境污染会形成有害物质，从而损坏石窟。环境保护意识的树立，能有效提醒我们做正确的事。当今世界，工农业生产迅猛发展，这些生产活动大多是以消耗资源为前提的，如果人类忽视环境保护的重要性，就会导致各种有害物质在环境中扩散、迁移、转化，地球生态系统的大循环就可能被破坏，文物古迹也会因此承受被污染和破坏的风险。因此产生废水废气时就应该多采取进一步行动，使排放到空气中的气体不是有害的。意识在其中起着主导作用，树立环保意识，在做事前多想想，想周全些，把可能带来的后果都逐一考虑，并采取措施遏制不良后果带来的影响，努力使周围环境不会是因为自己而变坏的。此外，我们也需要矫正一些对觉悟的偏见，觉悟的义理和思想有其存在的社会基础，它不完全是思想糟粕或者精神鸦片。部分觉悟教义很有哲理性，现在依然能够启发并教育现在的人们；觉悟建筑、雕塑和绘画的艺术性，是我们国家宝贵的文化遗产资源；觉悟节日和仪式活动的神秘性，仍然对现代游客有着无尽的吸引力。当然宣扬觉悟的宗教神秘感是不妥的，但如果简单地将烧香拜佛认定为搞迷信活动，显然是偏激的。觉悟文化博大精深，对中国古代的哲学、文学、艺术都产生了巨大的影响，它早已是中国传统文化的重要组成部分。在旅游开发过程中，我们要突出宣扬它的积极价值，同时还要警惕不法分子利用觉悟搞迷信活动。石窟代表着中国传统文化中的觉悟文化，我们应该从艺术鉴赏、考古、文学研究等层面去考虑、研究，合理对待这些觉悟造像，这才是对石窟真正的保护。

响堂山石窟的保护工作需要社会各方面力量的重视和协作，它不仅是文保工作者的分内职责，也是人民政府和广大群众的社会历史责任。其实，每个人都能贡献出自己的一份力量，关键在于了解并有了解之后的切实的行动。

二、客观行动角度

1. 加大研究力度

要加大对响堂山石窟艺术的研究力度。关于石窟的相关研究不少，但是很多细微方面没有被重视起来，研究没有形成系统理论，比较分散。所以对石窟的保护上首先就要形成一套统一的理论，有理论的科学指导才会使石窟保护工作更全面、更有计划地进行，东一榔头西一棒槌地去做事总会有所遗漏或重复，不仅造成资源浪费，而且对某一方面的忽略就可能对石窟带来无法弥补的伤害。

加大研究力度，对石窟保护的不同方面，诸如修复技术、扫描技术、修复材料、所处的特殊环境等，都进行系统研究，完善理论，使得石窟保护工作既有宏观理论指导，又有具体实施方案。响堂山石窟同其他石窟有相同的地方，比如都是石窟这一类别，某些损坏原因类似，所处的环境上也可能有类似点，在治理与保护上就可以相互借鉴经验；但同时也有区别，不能一概而论，比如在具体环境上、小气候上等都有差异，所以没办法照搬照抄其他石窟的保护措施，这就需要具体考察当地环境，研究出一套与环境相适合的保护理论，为具体保护措施提供科学方案。

此外，还应该在石窟区植物种植上重点研究，因为植物为石窟所带来的是双重作用，有利有弊，那么如何防止弊端、扩大好处就值得深入探讨了。比如对树根与建筑的关系进行研究，为树根对石窟的利害程度的预估提供理论依据。基于地衣及植物体对文物的腐蚀机理作出大量的研究，考察植物所具有的边坡防护作用与增加水盐运动造成的腐蚀作用。由于响堂山石窟夏季经常受到暴雨的影响，因此弄清植物对边坡防护的作用机理，可以为响堂山石窟的绿化优化提供理论依据。

2. 加强环境保护

近年来，文物保护的理念已经发生了重大转变，从过去单纯地只保护文物本体，到如今保护文物本体及其依存环境并重，文保界已经广泛认识到对文化遗产地自然环境保护的重要性，诸如大气、水、土壤和生物多样性等，很多前沿性的环境保护工作早已提上工作日程。

窟前绿化带作为景区的一部分，其对石窟文物保护产生的影响也应该引起人们的重视。因此，全面分析绿化对石窟文物的影响，制订合理的种植计划和灌溉方式，有效地利用植物的景观效应，可以对石窟的后续保护起到积极而重要的作用。绿色植物对文物古迹而言是一柄双刃剑，既有保护作用，也有破坏作用。目前，为了最大限度地开发文化遗产的经济价值，很多文物遗址区需要绿色植物提高景观效应。在遗址保护及绿化建设中，应该结合本地的环境特色，考虑到植被对小气候的影响及植被根系对土体的固着作用。种植适合的植物，并非为了吸引人而专门种植新的独特的植物，那样不仅突兀，而且为了使新树种成活会使用到化学药品反而对当地环境不利，会改变土壤环境与小气候环境。

为了使响堂山石窟景区的大气、土壤环境尽量保持不变，政府有关部门应学习云冈石窟景区的做法，对石窟景区划定保护范围：重点保护区、一般保护区、建设控制区。同时，响堂山石窟景区还应打破目前的工作模式，加强与建设及环保等部门的协同配合，多部门联动共同制订环境保护规划，对污染风险高的石窟区域，设立环境监测点，长期监测直至找出污染源，解决污染问题。同时，还要坚持编写窟区环境监测年度报告，在科学实验和广泛研究的基础上，逐步制定出窟区环境污染的标准，如空气中粉尘浓度、化学污染物含量等。当地政府要把眼光要放长远，强力禁止在石窟重点保护区内建设带污染源的工厂，并对周边新建和扩建的工矿企业进行污染源监测，适时考评其是否合乎环保标准，排放不达标企业，立即关停整改，强令其制订积极有效的污染治理方案，并定期考察其治理成效。

3. 及时对石窟进行加固和修复

对响堂山石窟风化岩体的加固和修复工作，必须遵循“保持原貌，修旧如旧，最小干预”的文保基本理念。在施工过程中，成熟度高、有效性强方案优先采用，如 PS 渗透固化、裂隙注浆、锚索锚固、薄顶加固、局部清除等，多管齐下，综合整治，在最大限度地保护文物的同时，也要给后人加固和修复文物留有余地。

目前，国内所采用的 PS 喷洒渗透方式，主要是对石窟崖体表面风化严重的中等风化砾岩及露头砂岩进行 PS 固化，以人为干预方式提高其强度及抗风化、抗剥蚀能力，稳定岩面，保护深部岩体。根据岩体的风化程度，可以通过调整浆液浓度及配比，对浆液扩散范围和深度实现间接控制。这样，一方面确保浆液的有效加固范围，另一方面防止浆液中的水分超范围渗透，危及洞窟文物。PS 浆液对砂砾岩黏结性强，形成的结石体强度高，具有抗冻融、抗风蚀能力强、化学稳定性好、通气透水能力强等优点。

图 6-2　*石窟装饰*

采用填充式注浆，对崖体裂隙进行注浆黏结加固，可以达到消除岩体沿着裂隙进一步风化、增强岩体完整性、阻止大气降水渗入岩体洞窟等目的。首先采用高压风清理裂隙，然后对裂隙两侧的风化崖面喷洒 PS 进行渗透加固，待岩面干燥达到一定强度后，再用水泥砂浆封闭，然后进行灌浆。

采用锚索锚固形式，使用机械钻孔压力性锚索，将危岩锚固在较深部位的稳定岩体上，不改变崖面形态而又能增强岩体的稳定性是最终的目的。在甘肃麦积山石窟的加固中，岩体锚固技术成功得以运用，配合 PS 渗透加固技术，还能克服喷射混凝土带来崖面外貌改变等问题，更加符合文物保护“修旧如旧”的基本原则。针对砂砾岩体风化严重，风蚀加之雨水冲刷，上层洞窟窟顶会越来越薄，雨水很容易从窟顶透水性好的砂砾岩层渗入窟内，因此必须采用薄顶加固方式，窟顶洞窟主要采用土工薄膜防渗，以土工织物与 PS 固化碎石层加厚处理的方法进行加固修复。这种加固方法是将下部土工膜防渗技术与上部人工覆盖沙砾石层 PS 固化处理技

图 6-3 石窟装饰

术相结合，是一种创新性的加固修复技术，经过莫高窟北区加固工程的检验，被证明是行之有效的，响堂山石窟的岩层加固处理完全可以借鉴这种办法。

对石窟岩层进行局部清除，一般情况下不提倡使用，因为这是一种不可逆的工程措施，只用于早期加固工程残留下来的危险挡沙墙或表层堆积物极易发生滚落的情况。尽可能采取短锚杆支挡等方法，原地固定危石、孤石，以维持斜坡原始地形地貌不变。采取局部清除手段前必须严格考察，确认其他方法都失效，并经过文物主管部门批准统一。

4. 积极引进并采用先进技术

石窟的加固修复工作，应尽量发掘并继承优良的传统维修技术，石窟内文物艺术品的修复，也要尽量使用原材料，保存原有形制、结构和工艺技术，并遵循尽量少干预的文物保护原则。但是，有些传统做法则不能继承，比如在石刻造像表面贴金，不仅改变了文物外貌，还会使得岩体内部的水分难以蒸发，石质被水长期腐蚀会变得酥松；再如在石碑上进行雕刻，再现已经模糊的笔迹，这种做法实际上是对文物原状的破坏，等等。新技术的应用也必须遵循文物保护的基本原则：如有利于保持原来传统工艺的效果，便于施工，能保持原状，维修加固效果明显等。如近景摄影测量运用到石窟形体及艺术测绘中，就大大提高了测量的精度及工作效率，锚固、灌浆、铺设土工织物作防渗层、排水沟等新技术也达到了良好的加固效果。

有些新技术可以较好地减少自然力量对石窟的侵蚀作用。针对风力的侵蚀作用，我们可以对窟内的机械送风系统进行改进设计。目前，建筑物自然通风基本上是靠单开口通道，内外空气都是通过一个洞口或者其他通风设施进出建筑物。对于仅有一个小洞口的建筑，空气流动的主要动力来源是风压。同侧墙面上开有多个洞口的建筑，除了风压作用外，热压作用也会对空气流动产生影响。因此，热压作用、风压作用或者二者共同作用是影响单开口自然通风的三个主要因素。改进设计窟内机械送风系统有如下几个好处：利用机械送风系统可以确定送风量，使窟内形成正压，防止雨季高湿空气向窟内渗透；还能降低窟内二氧化碳浓度；可以更好地保护洞窟内的壁画和雕塑。针对雨水侵蚀洞窟岩壁的问题，我们可以对响堂山石窟的排水系统进行修复，在不改变整体效果的情况下，对排水系统损坏的部分可以采用新科技进行修补。

物探方法是有效防止石窟发生损坏的手段，将其引入响堂山石窟文物保护工作中非常有必要。针对石窟赋存岩体尤其是洞窟立壁和洞顶覆盖层岩体，采用高密度电阻法、多道瞬态面波和地震波方法进行详细的探测。主要做法如下：利用高密度电阻法调查石窟上覆岩体含水率及覆盖层厚度，根据含水率的差异分析岩体的破损情况；利用多道瞬态面波调查石窟顶部覆盖层，根据波速的变化规律分析覆盖层的厚度及分层情况；利用地震波方法调查洞窟立壁的波速分布规律，进而分析岩体内部裂隙破碎带的走向和人体空间展布情况。通过定量测得石窟不同位置的多条剖面的波速特征来找出对石窟产生不利影响的区域。这种方法获得的分析结果准确可靠，分辨率高，可以为石窟赋存岩体的质量判定、裂隙破碎带的走向及空间展布、石窟的加固治理等工作提供准确依据。

超声波定风化等级法和光谱分析法都是微损检测的最佳技术，它不会对文物造成不必要的损伤；超声波是实地勘测，测量方便快捷，辅以简单程序便可实时得出岩体风化程度。光谱分析则是实验室室内分析，精度和分辨率较高，而且所需样品量极其微小，如进行太赫兹光谱测量和 X 射线衍射测试仅需 0.1 克 样品，对于大型石窟文物而言，能真正实现微损取样。

石窟文物保护和修复过程中，也应尽量使用最佳修护材料。目前，石窟岩体表面覆盖的防风化材料，无论是无机防风化材料，还是有机防风化材料，它们都能在一定程度上起到加固、防水、防溶蚀、防酸、防污、防微生物、防风化等作用，进而减轻石质文物的损毁程度。然而，这些防风化材料也存在一些问题：如抗渗性差，溶于水、易降解等；比如，无机材料虽然可以增强岩石的抗风化能力和力学强度，但会在石雕表面形成硬壳；有机材料虽然渗透性好，但防水性差。新型的仿生材料虽然效果好，但制备难度大，不适合在石窟里大面积使用；复合材料虽然功能更齐全，但推广性又不强。

因此，保护石窟的最佳方法是将保护、修复、养护合为一体。既能实现可逆而又不影响石窟外貌的综合材料，无疑是石窟保护的最佳材料。光学功能材料可以控制光照时间和强度，也能实现控温；木构窟檐则能隔绝雨雪，将二者结合的整体物理结构无疑是最佳组合。一方面，木构窟檐阻挡了雨雪，也就阻挡了引起风化的水源；另一方面，类似窗户的光学结构材料可以控制光照时间和强度，也就可以使石窟维持恒温状态，两者结合起来，就可以从源头上避免风化的发生，真正在技术上实现石窟的保护、修复、养护合为一体。

另外，数字化也是一项值得关注的新技术。数字化成果的广泛应用是未来文物资源数字化发展的主要趋势，我们希望构建应用型的共享数据平台，通过简便的操作就能满足不同使用者的需求，真正发挥大数据的有效作用。

多种激光扫描仪也是一项最新的石窟文物保护修复技术，针对响堂山石窟文物的特点，我们也可以尝试使用。但如何充分发挥仪器的功能，使激光扫描成果满足石窟建模的需求，在使用多种激光扫描仪的情况下，如何处理后期点云……这些问题都需要在文保实践中求得答案。

20 世纪 80 年代，云冈石窟的测绘就运用了激光扫描技术。随着激光扫描仪器及相关技术的成熟，这项技术完全可以满足石窟文物的复原要

图 6-4　天龙山石窟佛像

求，利用三维激光扫描测绘方法，可以获得清晰、精准的正射影像图。与传统线描图相比，这种影像图记录了更多的实物表面信息，如果需要，点云间的三维距离可以设置为毫米级或亚毫米级，获取信息更加精准，即便对象实物体量面积很小，也能全面反映微小的变化，比如砂岩造像的面部因风化掉落了一颗 1 毫米以内的沙粒，精细点云数据可以准确地记录这颗沙粒的大小及掉落的三维位置，这是人工测绘的线描图不可能做到的。

在传统的考古记录中，经过实际测量绘制的线描图，与照片和文字的叙述一起，构成考古报告不可或缺的重要内容。然而，经过新技术产生的影像，为考古记录增加了更加细微的数据，如果以正射影像图这一经过现场比对、尺寸比例关系无误的图件为依据进行人工描图，任何绘图人员也不可能将原始影像的细微之处完全表现出来。所以，在发表线描图的同时，也应该将原始正射影像图发表出来，当读者发现二者有不吻合之处时，应以正射影像图为准。

考古工作是一项复杂且专业性极强的业务活动，在遇到较为复杂的情况时，无论绘图记录还是文字记录，都存在一个不断深入的认识过程。比如仔细分辨不同时期遗迹的叠压关系，要同时在文字记录和测绘记录中表现出来，而且这项工作还需要具备一定专业知识的考古工作者在现场仔细观察比较才能进行。

三维激光扫描技术出现于 20 世纪 80 年代，90 年代以后被引入我国。由于激光具有单色性、方向性、高亮度等特性，将其引入测量装置中，在精度、速度、易操作性等方面均表现出巨大的优势。随着激光、半导体、微电子、计算机、传感器等技术的不断成熟，激光测量技术也逐步由点对点的激光测距装置，发展到采用非接触方式主动测量快速获取物体表面大量采样点的三维空间坐标的激光扫描测量。

针对响堂山石窟造像的特点，我们建议引进三维激光扫描技术，以期它能在石窟测绘工作上有所突破，让文物档案的建立、石窟的科技保护、考古研究、数字化石窟的制作等工作能取得新进展。为了更好地推进响堂山石窟的数字化进程，在石窟研究院成立数字中心是一个可行的举措，依托数字中心与国内高校及科研单位共同合作，形成利用高精度测绘技术、地理信息系统技术、计算机科学与网络技术等科技手段，永久数字化保存响堂山石窟文物本体方法，在石窟雕刻的数字化获取（几何与色彩）、存储和展示等难点领域有所突破。

利用激光扫描石窟文物的过程中，可能还需要用到贴图烘焙技术。贴图烘焙技术是一种模型预处理技术，把光照信息渲染成贴图的方式，然后将烘焙后的贴图再贴回到场景中的技术。经处理后的模型含有场景中的光照信息和模型自身的纹理信息，软件在进行渲染时，不需进行光照计算便可保持模型的显示效果，大大提高了系统运行效率。

对石窟文物做数字化扫描之后需要进行数字化存档。将响堂山石窟的实物资料、相关史料等各种文件进行数字化记录、保存和再现，实现

图 6-5 石窟的模拟展示

资源共享，既为研究人员永久保存资料，也为响堂山石窟文化遗产提供更广泛的学术交流和文化传播。将最新的数字化技术应用于响堂山石窟保护工作，可以建立一套完整的数字化文化遗产保护方法，开拓数字化技术应用新领域，为文化遗产的长久保存、有效保护和高效传播提供全新的技术手段。

通过信息共享和专家系统的应用，可以为响堂山石窟的保护、修缮、监控等方案提供优选策略。而以文献查阅、实地调查、访谈等方式分析总结研究成果，对响堂山石窟所有的文化遗产进行梳理归类，在确定保护内容和类别之后，将响堂山石窟的数字化保护分为物质文化数字化系统、虚拟修复数字化系统、非物质文化数字化系统。物质文化数字化系统主要指石雕、刻经、壁画等实物。非物质文化数字化系统主要包括响堂山石窟考古发掘报告、历史文献、学者研究成果、保护管理资料、文化遗产档案、常规保护技术档案和响堂山石窟画册等。虚拟修复数字化系统则主要包括对完全毁坏的石窟遗址和部分流失海外的石窟文物的推断。在响堂山石窟的实物信息转化为数字信息的过程中，数字技术起着重要的支撑作用，根据数字技术建构响堂山石窟信息框架，让遗产和技术紧密地联系在一起，使响堂山数字化保护策略研究过程一目了然。

石窟三维数字化档案建设是利用 CAD 建模、三维激光扫描、虚拟现实等技术手段完成石窟周边的地理环境、内部各类地物以及各个洞窟的数字化工作，利用 CityMaker 软件创建三维地理信息数据库，借助 CityMakerSDK 组件进行三维数字化档案系统研发，形成真实、客观、准确的三维数字化档案，为后期的日常管理、文物立体展示奠定技术基础，这是一项非常细致的工作，需要利用很多技术，经过很多步骤才能完成，包括石窟的三维数字化、数据整合入库等。

图 6-6　石窟的模拟展示

首先是三维模型的创建，石窟三维数字化档案建设中需要的三维模型数据包括石窟造像三维模型、石窟遗址区域地势模型、石窟场景模型。石窟寺中有较多的佛龛造像，并且大小不一，雕刻细致程度不同，为精确记录石窟造像的三维数据，需借助三维激光扫描仪对其进行精细扫描，基于激光扫描建模方法构建石窟造像模型；为确保数据的现时性，采用无人机航空影像数据经加工获取数字正射影像，将其叠加到高精度的数字高程模型后，最终得到响堂山石窟遗址区域地势模型；根据三维激光扫描数据提取建筑物、路灯、广告牌、石凳等场景内地表以上的各类地物立面三维几何信息，结合基础地理信息资料，制作石窟场景模型。

数据制作完成后，需要对数据进行入库前检查，检查的主要内容：模型坐标轴是否置中，单个模型以及纹理文件的大小是否满足要求，模型及纹理的命名、模型的制作效果、坐标是否统一等。地理特征数据库技术采用面向对象的数据组织管理方法，能够真正实现对三维地理特征数据、三维模型和贴图数据的一体化管理。由于数据来源丰富、种类繁多，因此，在三维数字化档案建设过程中，采用地理特征数据库技术对各类地理信息数据进行组织管理，可以真正实现档案数字化建设。

图 6-7　石窟的模拟展示

对于响堂山石窟的技术保护上注重多种学科的交叉和不同先进科技手

段的结合应用，效果会更好。

对于响堂山石窟物质文化数字化保护技术可以采取如下设计：单体造像和整体洞窟采用三维扫描建模技术。首先，应勘测现场、布设控制网，使用不同的扫描仪（如近距离、精细、手持）对石窟对象的精确三维数据进行采集。其次，对扫描得到的点云数据进行处理，如去除噪声干扰、为点云附色，将采集的彩片进行校准、拼接，形成全景照片，对没有附色的点云进行二次处理，并建设三角网，进行纹理采集，最后，对三维模型添加真实的色彩，完成贴图。

木构建筑与石窟文物在数字化保护上有所不同。目前，古建筑资料的获取有三种方式：第一，人工采集测量、三维激光扫描技术、数码摄影技术；第二，影像建模，利用计算机视觉和计算机图形学知识，从单幅影像或影像序列中恢复出物体的三维模型，将大部分的建模工作交给计算机来做，可减少手工建模的工作量；第三，利用激光扫描建筑物表面，通过多视点云的拼接技术、散乱数据点云精简技术进行建模。对于响堂山石窟窟檐建筑的扫描，可以采取影像建模和三维扫描获取模型两种方法相结合的技术手段。

响堂山石窟壁画数字化保护也可以采用三维激光扫描技术来操作。首先，要对壁画整体进行分析，然后设计采集方案，可将壁画划分为若干个区域进行三维激光扫描拍摄，并且使相邻照片部分重叠以便拼接，特别是壁画曲面的平滑拼接，在数据处理和制作过程中，对数据进行色彩校正和统一的亮度、色彩均衡，同时，要对壁画图像进行几何校正，消除拍摄条件对照片图像造成的各种几何变形。

铭文碑刻的数字化保护工作相对来说较为繁复。首先，需要对其进行实地考察，了解铭文字体的大小、形状和特征，然后对铭文碑刻资料进行分类记录、收集和整理，得到数字化保护的对象；其次，进行二维轮廓提取，这项工作可以利用专业图像处理软件来完成，但需要有清晰度高的照片。对部分铭文碑刻进行轮廓提取的主要步骤有铭文碑刻照片选取、着色处理、自动中心线描摹。

在对非物质文化数字化过程中，主要通过三维扫描仪来获得场景多个视点的点云数据遥感数据和 GIS 数据，通过拍摄真实遗址场景的视频录像、照相机采集的真实场景的照片、手工方法得到测绘数据等，使用多种方式来满足遗址中不同物体的建模需求。对于地形场景的重建则主要采用三维地形表面生成技术，如算法生成的地形仿真技术和基于真实地形数据的生成技术，使用纹理映射技术构建真实的地形模型。对于遗址主体的重建，目前常用的建模方法有基于扫描仪的三维建模方法，基于测绘数据结合第三方软件的三维建模方法和基于图像的三维建模方法。另外，在响堂山石窟的保护过程中，还有以下一些问题需要注意：有关部门可以采取一些强制性的措施保护响堂山石窟的文物，比如制定行政法令限制游客在文物环境内的一些不文明行为。还可以组建文物保护执法队伍，专门负责执行文物保护法规，减少文物保护申请中不必要的部分手续，使手续尽快到位，减少拖延。

提高旅游从业人员的素质，导游必须熟悉文物保护法规，通过导游的专业讲解或从业人员的相关说明，游客才能知悉景区垃圾该如何处理、乱涂乱画是对文物的破坏等。让广大游客适时了解文物保护的重要性，才能增强他们的文物保护意识，并带动更多的游客参与到环境保护和文物保护工作中来。

为了能尽量减少对石窟内小气候环境的破坏，也需要一些辅助措施。例如，相关部门要仔细研究计算响堂山石窟的旅游承载量，严格控制旅游人数。游客进入石窟会导致二氧化碳气体大量增加，为了达到既减少游客进入又使游客观赏到石窟的目的，可以通过现代计算机技术，如图像处理

图 6-8　响堂山石窟

技术，三维模型简化与拼接技术，让游客以虚拟的形式漫游石窟。这种石窟虚拟展示技术，不仅保护了石窟小气候，而且让游客不用走路就能身临其境地感受石窟文化，欣赏石窟内的精美艺术。

响堂山石窟的保护工作是需要持续进行的，需要不断克服新问题，这就要求石窟保护工作者不断努力，开阔思维，掌握关于其他石窟保护的最新消息与技术并认真学习引用。面对已经有过千百年的历史、石窟日渐风化的实际，面对自然作用与人为因素共同对石窟产生着不良影响的实际情况，石窟文物的保护工作已经迫在眉睫。响堂山石窟景区的文保工作者们需要持续地投入人力物力，加固维修石窟，尽量延长其存在时间；与此同时，文保工作者们还需要利用多种方式（文字、摄影、测绘等）不间断地记录石窟艺术的实时面貌。步入 21 世纪，文物保护技术不断更新完善，响堂山石窟景区的文保工作者更需要具备一种持续的学习精神与实践能力。重视起对石窟文物的保护，让石窟文化长久地留于世间，减少人类文化的损失吧！

第二节　响堂山石窟艺术的开发

一、加大财政投入，保证资金充足

加大财政投入，可以通过建立以市场为主体的投融资平台来确保财政充足，这样一种新方式可以借鉴西方国家多方筹资的先进经验。欧洲国家文化遗产保护的经费来源主要是国家和地方政府拨款、社会团体和慈善机构捐助等，其次文化遗产方也会通过自筹、银行贷款、税收减免、公益事业拨款、发行债券等多种方式募集资金，而最常见也是最有效的经费筹集方式是自筹。

文化遗产对欧洲各国的经济贡献也是为世人所有目共睹的，法国以低廉的门票价格吸引来自全世界的游客，并辅以人性化的优质服务，很好地带动了第三产业的发展，如住宿、交通、餐饮、娱乐行业等，政府的税收增加了，社会就业也被拉动起来。

正是因为看到了文化遗产对国家社会的长远回报和无限价值，所以，意大利政府在财政异常紧张的情况下，仍然坚持每年拨款数亿欧元用于文物的保护和修复，中央和地方政府都将世界遗产保护列入了财政预算，共同承担遗产修缮和维护的责任。另外，企业和个人的无偿捐助也可以弥补政府经费的不足。俄罗斯虽然面临社会转型而导致财政吃紧，但仍然不遗余力地保护文化遗产，莫斯科文物保护中央局就以“再创与恢复”为主题，筹集资金上亿卢布，大规模修葺了多个文物保护单位，这次资金筹集的渠道同样非常多元化，既有俄罗斯联邦政府和莫斯科市的财政预算，也有教会基金、社会团体及各界人士的赞助等。

除此之外，在立法层面，欧洲文化遗产保护资金还受到国家法律的保护，如法国的《历史古迹法》详细规定了文物保护的资金数额、经费来源、使用对象和使用比例。

西方国家文物保护经费来源的多元化，无疑是一种先进的国际惯例。响堂山石窟景区文保管理部门根据实际情况，借鉴部分先进经验是完全可行的，比如在以下几个方面探索投入管理机制：一是各级政府要继续加大财政资金投入力度，设立文化遗产保护基金；二是通过给予税收优惠、投资冠名权、征收文化遗产资源税、建立基金会等手段鼓励和吸引社会资本参与开发保护；三是探索发行遗产彩票的方式募集资金，或将一定比例的公益彩票收益拨付用于遗产保护；四是可通过政府长期优惠贷款筹集资金，或向相关文物组织和基金会申请项目援助。

二、挖掘觉悟文化，品味历史变迁

21 世纪的旅游市场日益向纵深发展，大力挖掘觉悟的文化内涵，努力拓展觉悟艺术的旅游市场，这是当今文化旅游发展的大趋势，也是响堂山石窟资源开发的基本方向。

从理论层面来说，我们首先要品味历史变迁，以现代视野挖掘觉悟文化资源。觉悟文化底蕴深厚，资源内涵极其丰富，历史变迁过程复杂曲折，文化空间层次广阔深邃，可供开发的文化资源潜力巨大。因此，响堂山石窟开发管理者首先要重视觉悟文化精华的开发和挖掘，深入历史语境研究石窟造像和壁画，站在觉悟发展史和艺术发展史的角度，理解佛像风格和石窟建筑形制的演变规律，发掘响堂山石窟艺术的独特性，营造地域性的觉悟氛围，导向鲜明地推出觉悟圣地的旅游招牌，吸引国内外香客前来旅游观光。

响堂山石窟景区还应特别重视导游队伍的建设，导游是文化资源和观光游客之间的传播桥梁，导游队伍的素质会直接影响旅游经济的效益，继而影响觉悟文化旅游的教化作用。针对响堂山石窟景区的旅游实际，导游人员须具备较丰富的觉悟知识和较扎实的外语能力，一方面能够为广大游客解说觉悟石窟的相关知识，对于解答一般游客关于觉悟方面的问题能够做到游刃有余，可以正确区分觉悟文化和迷信活动，讲解和解答既不信口开河，也不添油加醋。

导游对石窟艺术的讲解既要注重趣味性，也要注意科学性，导游讲稿的编写要深入挖掘响堂山石窟的发展历史，从历史中来，到现实中去。导游不仅要有丰富的觉悟专业知识，还要博学多识，博闻强记，对一些民间传说和历史典故熟稔于胸，讲解时就能做到生动而有趣。

总而言之，响堂山石窟由北齐王朝开凿，经历了一千多年的岁月砥砺，历史上曾经多次遭到破坏，其建筑形制、造像风格、壁画特点等，都客观全面地反映了觉悟艺术的变迁过程，也见证了觉悟在中国的传播和转型。响堂山石窟觉悟文化的丰富内涵，是河北邯郸文旅开发的宝贵资源，只有在觉悟文化开发上下功夫，邯郸的城市旅游业才能更上一层楼。

觉悟文化资源的开发必须严格遵守国家有关宗教问题的法规与政策。觉悟的发生、发展和衰落有其自身的规律，我们不能用行政力量去过多地干预觉悟。公民有信仰宗教的自由，而且受国家法律保护，政府依据法律对宗教事务进行管理，保护正常的宗教活动和宗教人士的合法权益，依法打击利用宗教幌子搞违法犯罪活动。我们在开发宗教文化旅游资源的过程中，必须严格依照法律办事，认真落实国家的各项法律政策，让觉悟文化资源为旅游业的发展添姿增彩。

图 6-9　响堂山石窟内景

最后，我们要调动各种资源，运用多种方法，打破响堂山景区旅游开发的季节束缚。由于气候原因，响堂山石窟所在的华北平原内陆地区夏季时间长，冬季时间短，这就造成旅游旺季周期较短的问题。要克服旅游开发中的这些不利因素，我们可以尝试开展觉悟文化学术研究活动，比如举办“响堂山石窟觉悟文化研讨会”“响堂山石窟觉悟与旅游研讨会”等。除此之外，我们还可以策划设计一些不受季节影响的特色旅游项目，如山中探秘游、景区徒步游、美食文化节等，打破季节和气候因素对响堂山觉悟文化旅游的不利影响。

三、旅游商品开发，体现地方特色

响堂山石窟景区要重视旅游商品的开发，立足古城邯郸的地方文化特色，打开旅游商品的市场。当前中国旅游品市场日趋活跃，不少景区在旅游纪念品的开发上已取得不少成功经验，陕西西安以秦陵兵马俑为主题，设计制造了一批兵马俑造型的打火机、酒杯等日用品，这些颇具历史文化特色的旅游商品在市内商超销售火热，产生了不错的经济效益。北京恭王府景区大量制作康熙皇帝御书“福”字，虽然这些“福”字是复制品，但游客仍然对其很是追捧，游客步入恭王府后，会情不自禁地被道路两旁挂着的福字所吸引，这也导致目前恭王府门外道路两旁销售“福”字拓版的店铺生意火爆；苏州一些著名的园林景区如留园、拙政园、狮子林等，也以苏州园林为卖点，在景区周边大量销售各式带有园林风味的盆景，盆景的旺销甚至还带动了其他地方特色产品如丝绸、刺绣等的销售。

响堂山石窟的相关旅游商品的开发，也要体现自身的文化特色。笔者以为以觉悟造像为主体，着力打造独具特色的旅游商品，可以成为响堂山石窟景区特色商品的发展方向。在当前经济低迷的大背景下，国内游客对商品的价格极其敏感，所以旅游商品的定价不能太高，以免脱离主流消费群体。旅游商品的设计制作不仅要有地方特色，而且还要有很好的纪念意义，否则会被游客忽视，打不开旅游商品市场。笔者建议以响堂山石窟觉悟造像为原型，仿制一批飞天、菩萨或坐佛塑像，这些原汁原味的旅游商品当有不错的市场潜力。除了旅游商品的设计开发，响堂山景区还要大力扶持地方特色小吃，打造特色美食品牌，满足不同消费群体的需求，便利不同阶层游客的饮食生活。

响堂山石窟景区的开发，还应该注意改革经营方式，优化旅游服务内容。目前，随着国内旅游业向纵深方向拓展，游客的兴趣早已不再停留于游览观光，大多数游客更注重亲身参与和体验享受。响堂山石窟景区目前的经营方式早已不能适应当今的旅游市场，应尽快以参与体验型经营模式取代传统的游览观光式。除了设计开发一些参与体验型项目外，响堂山石窟景区还应开发一些与觉悟有关的动态参与项目，如参禅、浴佛、食斋、放生等当下游客感兴趣的佛事活动。

此外，我们还可在响堂山石窟的社会影响和文化号召力上做文章。在这方面，云冈石窟就是受益者。2005 年央视春节联欢晚会，舞蹈节目《千手观音》感动了数亿海内外中国人，节目编导张继刚曾说其创作灵感来自云冈石窟，此言一出，大同云冈石窟虽无心插柳，却获得了一个极佳的免费宣传机会。响堂山石窟的宣传开发，也可以参考云冈石窟的先例，吸引社会资本参与大型实景演出的制作与编排，甚至可以邀请游客参与表演，这样不仅能够增加游客的旅游体验，也会极大丰富响堂山石窟景区的旅游内容。

响堂山石窟景区旅游商品的开发，还应特别重视文化遗产的历史属性和旅游产品的季节性。首先，历史文化遗产地的旅游商品，既要体现文化遗产的历史静态性，又要体现其历史动态性。一方面，旅游商品要展现文化遗产在某一历史时期的状态、形式与内涵，一般为文化遗产被创造时的原生态或发展繁荣期的形态；另一方面，旅游商品还应反映文化遗产的发生、发展、转型与创新，体现文化遗产的历史纵向延伸性，只有这样才能有助于公众全面客观地认识、解读、理解文化遗产。

其次，文化遗产地的旅游商品还应特别考量季节性问题，旅游商品既要满足不同层次游客的需求，同时还应具备平衡旅游淡、旺季的作用。从旅游开发空间的角度来说，文化遗产地的旅游商品空间布局必须合理。具体来讲，文化遗产地的旅游商品开发，应形成科学的功能分区和产品空间布局。

目前，国内一些开发较早的文化遗产地景区，在功能区分和产品空间布局上已经形成了成熟模式：保护中心（原态保护或局部展示型旅游产品）；展示中心（博物馆、艺术馆、展览馆、特色文化街区型旅游产品）；

文化基地（文化园、文化传承中心、文化聚集点型旅游产品）；文化主题公园区（文化娱乐、文化参与、文化体验型旅游产品）；文化产业区（文化商品、文化演艺、旅游相关要素等）；文化产业聚集区（文化产业带动的其他产业转化成的旅游产品）。

我们应该明白：功能分区和产品类型都是针对游客群体设计规划的，最终目标都是满足游客不同层次的需求，并最终实现文化遗产保护和开发的互相协调。

最后，文化遗产地的旅游商品开发还应特别重视功能与形式问题。功能是指旅游商品的性质和用途，在旅游过程中，游客往往只会对符合自己目的的产品感兴趣。因此，文化遗产地的旅游商品要尽可能地满足游客的多种旅游目的，打造具备文化观光、学习、认知、娱乐、参与、体验等功能的旅游商品体系。形式是指旅游商品的存在和表现形式，公众的需求层次决定了旅游商品的形式。游客在文化遗产的认知和接受上存在能力差异，精英游客的自我学习和认知能力较强，他们可以自主地解读文化遗产的内涵和价值；大众游客则需要通过辅助性的展示、模拟、参与、体验才能完成对文化遗产的认知。因此，文化遗产地的旅游商品必须针对不同层

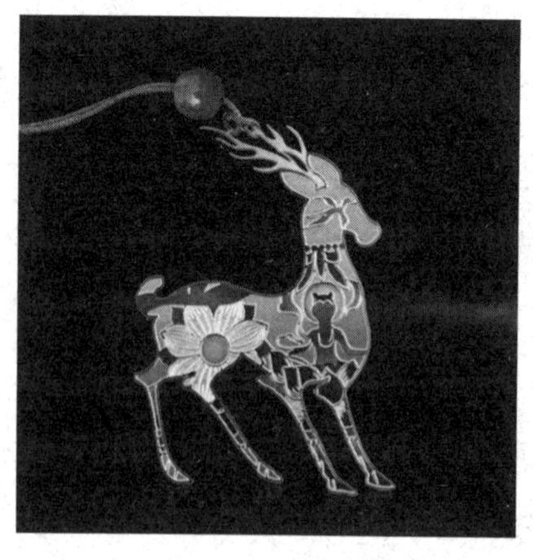

图 6-10　响堂山石窟的文创衍生品

次游客的需求进行设计。文化遗产地的旅游商品在展示形式上要丰富多样：静态展示、多媒体展示、数字化展示、场景展示、场景模拟、活动参与、情景体验等。

文化遗产地的旅游商品开发一定要有科学、严谨的规划方案，而且经过严密的论证，文化、文物及考古等相关部门的专家要参与规划方案的审定，确保开发是以尊重历史文化为前提。文化遗产地的旅游衍生产品规划方案，应包括标志性的文化概念、内涵以及开发思路等内容。在规划方案的指引下，我们才能探索并设计出有价值、有市场、多元化的旅游产品。

其次，随着旅游产品与文化资源的高度融合，旅游产品的市场定位应遵循多元化原则，体验性、参与性和文化性应是旅游产品未来的发展方向。这方面的成功案例在国内已有不少，如三国文化、丝路文化、宗教文化和民俗文化等。市场定位多元化是旅游产品的立足之本，也是文化遗产资源开发的前提和保障。因此，对旅游产品的市场定位要雅俗兼顾，既要有“阳春白雪”，也要有“下里巴人”，这样才能充分吸引各阶层游客前来观光旅游。再次，旅游产品的开发思路要创新求变。大胆的创新性思维是旅游产品多元化开发的重要保障。只有创新开发思路，文化遗产资源才能迸发出时代的活力，市场效果才能如国产动画《喜羊羊与灰太狼》那样持久而多样，一部动画能够产生如此众多的衍生产品，如演艺、出版、影视和玩具等，着实令人称奇。

除了以上举措和倡议外，响堂山石窟景区旅游产品的多元化开发还要依靠政策的引导与支持。目前，河北省文化遗产资源的管理与开发水平相对较低，省市政府应顺应市场需求及时出台一些有效措施，指导监督文化遗产资源的开发，防止出现破坏性和扭曲性开发现象。同时，在旅游产品的开发上要明确分类、分级和市场定位，形成开发利用状况适时备案的机制，制定有激励效应的多元化产品开发政策，以确保文化遗产地旅游产品开发目标的实现。

最后，我们还应鼓励旅游产品多元化开发的利益相关者。文化遗产资源属于社会公共资源，其受益群体非常广泛。因此，旅游产品的多元化开发，必须充分调动旅游市场中的利益相关方（包括开发商、经营者、当地居民以及来访游客等）的积极性，鼓励他们以丰富多样的形式参与开发，如设立文化遗产开发与保护基金、设置义务监督员、宣传员和讲解员等公益岗位，等等。总之，文化遗产地旅游产品的多元化开发涉及社会众多领域，是一个非常重要的文化和经济课题，研究它具有广泛而深远的意义，并且关于这方面的研究也将促进我国文化遗产资源的科学合理开发。

四、增强集群优势，提升综合价值

我们应充分利用丰富的历史文化资源，对响堂山石窟进行新的开发，以新思路对响堂山景区进行全面的规划和建设。因此，全面整治响堂山石窟景区周边的环境污染问题已是迫在眉睫。河北邯郸市政府也应以创建城市旅游品牌为契机，对全市的文物古建进行普查和修复，全面提升邯郸市的旅游品位，增强地域资源的集群优势。只有这样古城邯郸的旅游经济才能得到质的跃升，文化遗产旅游才能有一个更好的环境载体，而响堂山石窟景区也必将从大环境改善中使自身获益，而游客也必将因此获得更好的旅游体验。

响堂山石窟景区要放在峰峰矿区作为一个整体旅游区来开发。为此，我们要深挖峰峰其他景点与觉悟文化的关联性，大力搞好旅游宣传，以响堂山石窟景区为核心，带动其他景点联动发展，让游客们不仅愿意来到响堂山景区休闲旅游，也更愿意走进峰峰矿区的其他景点，从而为峰峰旅游区带来更多游客。其次，导游在介绍响堂山石窟景区时，要注意与其他景点进行对比，如觉悟造像的风格差异、觉悟建筑的形制之别等，解说词要给游客留下想象空间，以吸引游客前往别处参观。再次，邯郸市政府要尽早在响堂山石窟景区与峰峰其他景点之间设立直达客车，以比单个景点更优惠的通票价格吸引游客遍览景区，从而将更多游客引向其他景点，从而获得更高的旅游经济效益。

图 6-11　响堂山石窟外景

另外，应该引起我们注意的是，响堂山石窟风景区不应该被视为一个独立的、被割裂出来的风景区，我们应该在景区之间加强区域合作，使各景区的旅游效益联动提升。区域联动发展，是文化遗产旅游经济发展的必然趋势，也是当前城市旅游品牌建设的必然要求。响堂山石窟作为国家重要的历史文化遗产，虽然知名度在全国并非处于领先地位，但它在全国觉悟文化旅游中仍占有一席之地，因此加强响堂山石窟景区与周边旅游景点的合作协调，形成以点带面式的规模效应，就能够以整体优势弥补个体不足，响堂山石窟景区的觉悟文化旅游必能形成可持续发展态势。

五、改善软环境，增强吸引力

邯郸市政府要加强建设响堂山石窟景区的基础配套设施，而响堂山景区开发管理方也应重视自身软实力的提升。第一，响堂山石窟景区应重视自身员工文化素质的提高，尤其是导游和解说员的文化素质，因为正是他们将响堂山石窟的觉悟文化知识讲解给游客，所以解说员旁征博引的解说必能将响堂山石窟的文化品位大大提高。第二，邯郸市政府应从政策和法规层面支持响堂山景区的开发和建设，制定颁布更多关于文化遗产旅游开发的扶持政策和地方法规。第三，响堂山景区及其直属文管部门在宣传策略和开发措施上，要适应21世纪旅游市场的发展，顺势而为，主动作为，积极开展区域及国际合作，充分利用国内外游客对响堂山石窟的仰慕，争取得到世界范围更多的关注和资助。第四，在现有静态景观的基础上，响堂山石窟可根据实际开发一些动态参与项目，提高游客的参与体验感。比如根据觉悟石窟造像内容设计创立一些表演性的旅游项目，吸引游客的同时还能增加景区的知名度。此外，我们还可以利用北齐高氏家族的鲜卑民族身份，积极发展一些民族特色旅游项目，让游客更多地参与其中，感受畅游历史文化遗产的乐趣。响堂山石窟景区还可以根据游客需要，积极推出一些个性化服务项目。实践证明，专业化、角色化的服务能够让游客在景区内感觉受尊重、受感染，同时还能增强游客的认同感，并可能成为景区的“回头客”，将响堂山石窟的美誉传播出去，带动更多的游客前来度假旅游。在响堂山石窟景区打造个性化服务应特别注意两点：第一，景区员工着装须统一风格，款式和色彩最好能与周围景色氛围融为一体；第二，景区员工的服务应该有一定的灵活度，在常规性服务的基础上，能够根据游客的文化层次、淡旺季的不同情况适当变通，服务细节到位，感情运用合理，真正做到人性化服务。再具体工作上，景区管理人员可以尝试更加人性化、亲情化的管理方式，比如提醒游客严禁拍照当以善言劝导而不是呵斥羞辱；为身有残疾或行动不便者提供力所能及的帮助等，让游客在景区内有到家的感觉；以专业的服务提高游客的满意度，为响堂山景区招徕更多的游客顾客。另外，响堂山石窟景区还应在游客休憩区设置投诉箱，及时接受游客关于服务人员的投诉，改进景区的服务工作，为景区服务质量的提升敞开言路。

六、"和谐"为本，走可持续发展之路

历史文化遗产之所以弥足珍贵，就是因为它的不可再生性。文化遗产的旅游开发须以保护为前提，配套设施的建设和游客的接待数量一定控制要在可承载的范围内，不能为短期的经济利益破坏文化遗产。总之，文化遗产的旅游开发是为了更好更长久地保护。将文物封闭起来单纯搞保护，既无法发挥文化资源的时代效用，还要耗费更多的资源和保护经费搞保护工作，这种保护必然不具有可持续性。

文化遗产在旅游开发过程中会造成一些负面影响，这种影响只要被控制在可接受的范围内，就不必大惊小怪。只要文化遗产的旅游开发走上正轨，文物保护工作一定会逐步加强，对地方经济的辐射带动作用会愈加显著，文化遗产资源由此进入开发与保护协调共存的良性循环。

总之，响堂山石窟景区的旅游开发要树立可持续发展的目标，以期实现文化遗产资源的长期价值，走上一条旅游开发与生态环境相称且文化遗产承载适当的健康发展之路。我们应当坚信：文化遗产的旅游开发必将有

利于产业结构的调整和发展模式的转型。

或许有人会对这种“无烟产业”“绿色产业”的实际经济价值提出质疑，但事实胜于雄辩，在我国南方的许多地区，旅游业早已走上了可持续发展之路，成为整个社会经济的重要组成部分。旅游业在国民经济和社会发展中的重要作用，以及它对可持续发展经济模式的重要意义，早已成为社会各界的共识。

图 6-12　响堂山石窟飞天浮雕

从付出的成本来看，因为资源消耗和环境代价较小，旅游业具有可持续发展的天然优势。旅游是人类物质生活和精神生活的双重需要，它既反映了人们物质和精神生活的高水平，又是一种由个人行为逐步发展形成的群体性经济活动。由此看来，发展旅游业就是发展可持续产业，而且地方经济的可持续发展依赖旅游业。但是我们也要时刻谨记：违背自然规律、追求短期经济效益的旅游开发，势必会导致旅游业的衰落沉沦，甚至可能导致生态环境的破坏、文化古迹的损毁、文化风貌的破坏等，这些灾难现象带来的损失都是难以弥补的，也是我们搞旅游开发绝对不允许发生的，这样的代价太高昂了，是我们承受不起的。

为了实现保护与开发的双赢，首先应该从观念上达成一致，要确信响堂山石窟景区的旅游开发只要科学合理，就能一并实现对石窟的保护。甘肃敦煌莫高窟的成功做法，已经验证了文物保护与旅游开发并不矛盾，两者完全可以并行、互相促进。因此，在确保文化遗产安全完好的前提下，适度的旅游开发完全可以行得通。

在解决开发和保护这对看似矛盾的问题上，甘肃敦煌莫高窟为我们提供了生动的案例，值得大家学习借鉴。敦煌莫高窟在国内文化遗产中开发较早，而且科学有效地处理了旅游开发与文物保护的关系，其做法完全值得响堂山石窟管理开发者借鉴，学习研究敦煌市政府处理文物保护与旅游开发矛盾的方法，以期达到保护与开发的和谐共存。

可以预见的是，响堂山石窟景区的成功开发必将为邯郸市带来巨大的经济效益，但我们不应盲目乐观，由于文化遗产旅游开发的实践经验欠缺，石窟文物的保护也将会面临新的问题。如何避免响堂山石窟文物的破坏呢？在旅游开发之初，响堂山石窟景区划出开发红线，坚持开发与保护并重的思路，走出一条贴合实际有河北特色的可持续发展道路。

响堂山石窟景区的旅游开发要以觉悟文化为中心，打造具有觉悟石窟艺术魅力的新景区。石窟的保护要以预防性保护取代“破坏后再修复”，借鉴自然保护区的成功做法，将景区划分为保护中心区、外围缓冲区、限制开发区等。在旅游开发与文化遗产和谐共存的大背景下，使景区成为一个永续发展的典范。在这样的开发原则和工作思路指导下，响堂山石窟景区必将朝着可持续道路健康发展，旅游品位会极大提升，旅游品牌也会相应地树立，文化遗产的保护也必将迎来崭新可喜的局面。

为了坚守保护为主的前提，响堂山石窟景区的开发要做好以下几个方面的工作：

第一，通过网络预售系统控制旺季的游客数量，通过复制文物的陈列展览来分流游客，扩大景区的承载能力。在旅游旺季建立参观预约制度，通过网络公众号或者电话预约等方式，有计划、分时段接待参观游客，降低洞窟的人为干预程度。

响堂山石窟觉悟造像专业性较强，风格分期复杂，讲解说明存在着一定的难度，但高质量的专业讲解对游客深入了解洞窟文物，增强文保意识至关重要，它既能充分满足游客的鉴赏需求，又能约束其不良行为，发挥无形的保护作用。因此，响堂山石窟景区很有必要培养一支专业知识全面丰富、外语运用熟练、服务意识强的解说员队伍，他们既是专业的觉悟文物讲解员，也是文物法规的普及者。

第二，严格控制响堂山石窟周边基础设施的建设，工程规划须经国家文物管理机构审核，遗产保护区内严禁建设娱乐设施和工业设施，坚持以保护为前提的开发原则，对文化遗产地周边环境实施严密监测，一旦发现污染问题，就要找出污染源，解决威胁文物保护的潜在问题。

第三，文化遗产的保护要注意协调各部门之间的权益关系，划清权力界限，厘清责任义务。通常来说，文化遗产的保护由政府公共部门来负责，文化遗产的旅游开发由企业来承担，保护和开发要在部门权益关系中找到平衡。

第四，旅游开发之初，响堂山景区要规划好洞窟的开放数量和参观路线。因石窟内的文物无法移动，而改造和扩展洞窟又不具可行性，因此，响堂山石窟在旅游开发之初，就要制定开放标准：如窟中的壁画和彩塑没有损坏准予开放，洞窟内一次容纳的参观人数限制等，所有这些限制措施都是为了避免窟内文物遭受损失，保证游客能够观赏到有价值的典型洞窟而设置的。另外，还要制定洞窟轮流开放制度，使所有洞窟都能得到定期的保养和轮休。

在游览的线路设计上，响堂山石窟要根据当地的地理因素与气候条件科学规划。另外，响堂山石窟景区的旅游淡旺季差异显著，这就造成游客的参观时段较为集中，为了及时有效地分流疏导游客，缓解洞窟文物的承受力，依据洞窟的范围、年代、位置、内容以及每条线路的距离等，合理规划旅游旺季石窟参观的路线。不仅如此，开发管理者还要通过逐年的调整改进，使旅游线路的设计更加合理更加规范。实践证明，在客流量较大的旅游旺季，合理科学的游览路线能有效发挥疏导分流游客的作用。

通过以上的措施分析，我们能够看出：虽然响堂山石窟的开发方面依然存在着各种各样的问题，但是最难的不是这些问题的解决，而是对这些问题的重视。现在，我们已经“对症下药”，提出许多解决响堂山石窟开发困境的措施建议，接下来要做的就是坚持不懈地执行这些措施。与此同时，也要时刻关注响堂山石窟相关开发措施的执行，应该不断发现新问题，立刻发现，立刻解决，提高对问题的反应速度。与此同时，应该加强与其他石窟文化遗址和交流与合作，在交流与合作中，不断扩充自身关于石窟保护方面的知识，提升石窟开发的技术水平，使响堂山石窟作为珍贵的觉悟石窟文化遗址，始终与其他石窟文化遗址保持同样甚至更快的发展速度，如此才能有效地解决响堂山石窟知名度不足、开发不足的困境。

小结

响堂山石窟是我国石窟文化的重要组成部分，它凝聚了中原汉文化、异域的觉悟文化、古代少数民族鲜卑文化的精髓，是具有中华民族特色的文化与艺术宝库。本书以古印度石窟文化为始，在前人研究的基础上，重新梳理了响堂山石窟的形制、渊源、年代、造像风格及特点，继而又分析研究了石窟内装饰纹样的发展演变规律、石窟刻经的历史地位和书法价值，最后，笔者对响堂山石窟的保存现状、石窟景区的保护与开发等，从多个层面着手进行了综合分析研究。

本书还深入探讨了响堂山石窟的历史面貌、开凿原因和发展过程。关于响堂山石窟觉悟造像的艺术风格、装饰纹样的多元化特征、刻经和书法艺术的历史价值等方面，笔者也展开了深入的分析。通过本书详细而全面的分析研究，响堂山石窟艺术发展的历史过程和风格演变规律已经清晰地呈现在了读者面前。

响堂山石窟具有宗教性、政治性、多元性和独特性等多种特征，我们认为其最重要的特征是宗教性，但是响堂山石窟的政治性是其最独特的特点——不仅其开凿是受政治环境和统治者的影响，其在后世一波三折的发展也与觉悟与统治政策的关系息息相关，这一点应当引起我们的高度重视。如果只分析响堂山石窟而不分析政治，那么就无法体会响堂山石窟的千年沧桑。

响堂山石窟不仅在古代社会产生了统治阶层期望的价值，满足了不同阶层的人们的精神信仰需求，同时还具有珍贵的史料价值、精神价值和巨大的旅游开发价值。但是，面对响堂山石窟发展不如中国其他大型石窟群的现实，我们又不得不去思考其中的深层原因。因此，我们试图透过现状来对其进行分析。目前，响堂山石窟群的破损还是比较严重的，这些破损的造成既有自然原因也有人为原因；关于响堂山石窟的保护情况，主观上，各方面的保护意识存在着不同程度的不足，客观上，保护措施不能落实到位，对于科学技术的应用也有不足之处；在开发方面，开发资金的不足严重限制了响堂山石窟的发展空间，而且在管理方面也不够科学化、系统化和现代化，对于石窟区周围的环境和资源的利用也存在不足的现象，总体上，响堂山石窟呈现着破损严重、保护不力、开发不到位的问题，这就导致响堂山石窟的知名度不高、影响力小。

对此，我们认为应该因地制宜、“对症下药”。对于响堂山石窟中当前存在的破损，尽量采取科学先进的技术进行修复，加强与国内其他石窟文化遗址的沟通和交流，同时也不忘关注国际方面的新技术和新手段；在保护方面，加强对石窟文化及其重要性的宣传，唤醒人们的保护意识，同时，也要制定严密的保护措施，并且不断跟进落实，确保这些保护措施得以实行；在响堂山石窟的开发方面，首先要多角度开发其价值，包括经济价值、宗教价值、文化价值等，加大对响堂山石窟艺术的宣传力度，加强与政府、企业、科研院所和其他石窟文化遗址的合作，扩大响堂山石窟的知名度、发展领域，使响堂山石窟充分发挥其价值，为社会主义精神文明建设作出应有的贡献。

本书作者作为一名研究人员，将继续对响堂山石窟的艺术风格和特色进行深化、细化的学习和研究，对自己现在的研究成果进行匡正和丰富。我们也会始终关注响堂山石窟的保护与开发现状，不断思考保护和开发过程中出现的新情况，提出新问题，并努力为新的解决方案的制定和实施献计献策。响堂山石窟艺术的复兴，是当代每一位研究人员义不容辞的责任。

参 考 文 献

[1] 陈传席 . 响堂山石窟 [M]. 天津：天津人民美术出版社，2014.

[2] 胥建国 . 精神与情感 [M]. 北京：商务印书馆，2003.

[3] 金申 . 佛教雕塑名品图录 [M]. 北京：北京工艺美术出版社，1995.

[4] 张锡坤 . 佛教与东方艺术 [M]. 吉林：吉林教育出版社，1989.

[5] 秦延棫 . 中国古代陶瓷艺术 [M]. 北京：中国古典艺术出版社，1957.

[6] 汪流 . 艺术特征论 [M]. 北京：文化艺术出版社，1984.

[7] 宿白 . 中国石窟寺研究 [M]. 北京：文物出版社，1996.

[8] 李崇峰 . 中印佛教石窟寺比较研究——以塔庙窟为中心 [M]. 北京：北京大学出版社，2003.

[9] 魏徵 . 隋书 [M]. 北京：中华书局，1973.

[10] 陈爽 . 世家大族与北朝政治 [M]. 北京：中国社会科学出版社，1998.

[11] 何兹全 . 中国社会史研究导论 [M]. 北京：商务印书馆，2010.

[12] 王朝海 . 北魏政权正统之争论 [J]. 广西社会科学，2014（9）：120-125.

[13] 李文生 . 响堂山石窟造像的特征 [J]. 中原文物，1984（1）：30-34.

[14] 马忠理 . 北齐雕塑艺术的宝库——响堂山石窟 [J]. 河北学刊，1983（2）：155-160.

[15] 赵立春 . 响堂山北齐“塔形窟龛”[J]. 中原文物，1991（4）：55-58.

[16] 孙迪 . 流失海外响堂山石窟造像新识 [J]. 敦煌研究，2006（2）：18-22.

[17] 赵立春，卢合亭 . 响堂山石窟刻经及其书法艺术 [J]. 文物春秋，1992（1）：38-43.

[18] 袁虹 . 南响堂山石窟唐代小龛初探 [J]. 华夏考古，1995（1）：91-100.

[19] 孙冀东 . 响堂山石窟造像略论 [J]. 美术观察，2010（6）：110.

[20] 孙冀东 .“物语”空间的感悟 [J]. 美术观察，2018（10）：102-103.